BARATIER

Les Millions de l'Espionne

LA BELLE SARAH

TOME TROISIÈME

20 CENTIMES

Algérie, Colonies et Étranger : 25 Cent. (Port en sus)

Collect. A. L. GUYOT, 6-8, rue Duguay-Trouin, Paris

LES MILLIONS DE L'ESPIONNE

ANTONIN BARATIER

LES MILLIONS

DE L'ESPIONNE

TOME TROISIÈME

PARIS

Collection A.-L. GUYOT

6 et 8, rue Duguay-Trouin, 6 et 8

ANTONIN BARATIER

Même Collection

LES MILLIONS DE L'ESPIONNE

PREMIÈRE PARTIE

La Belle Sarah

(Suite)

VII

LE TRÉSOR (*suite*)

— Les valeurs volées, reprit péniblement Sarah, que sont-elles devenues ? Ont-elles été négociées ? A-t-on des traces des billets de banque disparus ? Parlez, maître, parlez... Vous voyez que ma raison se perd ! C'est un horrible martyre que j'endure...

— Soyez certaine, madame, que si les valeurs dont vous parlez, et dont le notaire du comte m'a

donné la liste, avaient été négociées, la Justice aurait été immédiatement informée.... Par le notaire,
nous avons appris que souvent votre mari possé-
dait, dans son coffre-fort, des sommes importantes, soit en billets de banque, soit en titres ; au
moment où le comte a été assassiné, il y avait chez
lui pour plus d'un million de titres, mais depuis
quelques jours seulement. Par suite d'une négli-
gence inexplicable, le notaire n'a pas conservé les
numéros de ces titres... c'étaient des obligations
de chemin de fer, plus de deux mille, et le comte
ne devait d'ailleurs les garder chez lui que pendant
quelques jours ! La plupart de ces obligations ont
été retrouvées, une trentaine seules manquent...
Le comte en a-t-il disposé ? On l'ignore...... En
tous cas, si ces titres venaient à être négociés, il est
hors de doute que le négociateur ne serait autre
que l'assassin !

— Et alors ?

— Alors, madame la comtesse, nous nous trou-
verions en présence d'une piste sérieuse !

— Et si ces titres n'ont pas été négociés ?

— Nous resterions désarmés... du moins de ce
côté !

— Et s'ils étaient à l'étranger ?

— Ce serait la même chose ! En Angleterre,
avec une perte considérable, on finit toujours par
arriver à vendre des titres, même frappés d'oppo-

sition,... et ceux du comte ne sont pas dans ce cas, puisque le notaire, qui avait ces obligations en dépôt, ignore les numéros !

La comtesse éclata en sanglots et se leva...

— Ainsi, dit-elle d'une voix entrecoupée par les larmes, tout espoir est complètement perdu !

— Je vous le répète, madame la comtesse, à présent, c'est le hasard seul qui peut nous mettre sur la piste de l'assassin et du voleur !

— Que faire, mon Dieu... que faire ?

— Attendre !

La comtesse porta son mouchoir à ses yeux baignés de larmes.

— Dans cette douloureuse situation, que vais-je devenir, cher maître ! Seule dans cette immense demeure, j'ai peur... j'ai toujours devant les yeux le corps sanglant de celui qui n'est plus... je vois sa gorge ouverte, béante, horrible, et pendant la nuit, je me lève, j'erre de chambre en chambre, pour échapper à l'étreinte qui m'obsède !

— Soyez forte, madame... Votre situation est terrible, il est vrai, mais il faut que votre raison ait assez d'énergie pour vous arracher à cette troublante hallucination...

— Eh le puis-je, monsieur, le puis-je !

— Quittez votre hôtel...

— C'est impossible !

— Pourquoi ?

— Puis-je abandonner ma demeure, alors que du jour au lendemain on peut avoir besoin de moi, alors que les scellés sont encore apposés et que la Justice cherche l'assassin de mon époux !

— Mon dieu, madame, je ne vois aucun inconvénient à lever les scellés de la chambre du comte... Par suite d'un scrupule qui vous honore, vous ne voulez pas quitter votre hôtel, c'est un tort, madame. Soyez persuadée que nul ne trouvera votre départ étrange... D'habitude, vous passez l'hiver sur la Côte-d'Azur... rien ne vous empêche de retourner à Nice ! Ici ou là-bas, votre douleur sera aussi profonde, et du moins, loin du théâtre du crime, votre esprit ne sera plus soumis à une pénible obsession et votre cœur ne souffrira plus avec tant d'angoisse les affres du passé ! Croyez-moi, madame la comtesse... Quelle que soit l'affection que l'on puisse avoir pour ceux qui ne sont plus, il faut savoir imposer à sa raison l'implacable nécessité !

— Et si vous avez besoin de moi... si demain la justice retrouve le meurtrier du comte...

— Nice est en France, madame, et le télégraphe ne met que quelques secondes pour aller d'ici là-bas !

Pendant un instant, Sarah garda le silence... puis, brusquement, elle releva la tête :

— Ainsi, cher maître, vous ne pensez pas que

mon départ au lendemain du malheur qui me frappe, puisse être interprété d'une manière fâcheuse dans notre monde ?

— En quoi, madame, ce départ fort naturel choquerait-il les usages ? Tous vos hivers, vous les passez à Nice..... votre époux meurt atrocement frappé par une main criminelle... vous allez vous renfermer dans votre villa pour y pleurer celui qui n'est plus... quoi de plus naturel ? N'est-il pas préférable de pleurer en silence, dans une retraite profonde de la Côte-d'Azur, que de rester ici, où les échos des fêtes et des bruits mondains viendront même troubler votre isolement ? Non, madame la comtesse, personne ne pourra trouver à redire à ce sujet et ce qu'a fait mademoiselle d'Etiolles, vous pouvez le faire !

— Odette est une enfant, maître !

— C'est la fille du comte, madame, et vous vous êtes sa veuve ! D'ailleurs, si vous trouvez la région de Nice trop mondaine, allez habiter le château d'Hautmont !

— Hélas, c'est impossible, cher maître... ma poitrine ne me permet pas d'affronter l'air humide et froid de la forêt !

— Donc, allez à Nice... et soyez persuadée que là-bas, je vous tiendrai au courant, aussi bien qu'ici, de ce qui pourra survenir !

Sarah fit un pas vers la porte.

— Monsieur le juge, dit-elle lentement, c'est le cœur brisé que je quitterai l'hôtel de la rue de Varennes... mais j'espère y rentrer bientôt et qu'alors vous me mettrez en face de l'assassin de mon malheureux époux !

— Madame la comtesse, la Justice est lente..... elle marche très lentement même ! mais elle marche ! Un meurtre a été commis... soyez sûre que tôt ou tard, on châtiera le meurtrier !

— Que Dieu vous entende, monsieur le juge... c'est mon vœu le plus cher !

La comtesse, reconduite jusqu'à la porte par le magistrat, se retira la gorge oppressée et les yeux remplis de larmes.

Dans la salle des Pas-Perdus, elle s'arrêta.

— Pourquoi Samuel ne m'a-t-il pas parlé des titres volés ? pensa-t-elle... Que signifie donc son silence ?

Et, son long voile de deuil baissé jusqu'à terre, elle regagna sa voiture.

Le juge d'instruction, au lieu de reprendre sa place devant son bureau, alla ouvrir une porte masquée par une large tenture.

Mordacq apparut sur le seuil.

— Eh bien, mon cher inspecteur, vous avez entendu notre conversation ?

— Aussi bien que si j'avais été ici, monsieur le

juge ! Et je vous avoue que mes idées s'embrouillent de plus en plus !

— Comment ?... Vous...

— Je m'y perds ! Depuis quinze jours, la comtesse n'est pas sortie de chez elle ; depuis quinze jours, Baculard ou moi, nous n'avons pas quitté d'une semelle la porte de son hôtel de la rue de Varennes ; elle n'a reçu personne, ni lettre, ni télégramme, ni quoique ce soit... et c'est aujourd'hui la première fois qu'elle met les pieds dehors. Dès que je l'ai vu apparaître sur le seuil de sa porte, je n'ai fait qu'un bond... et ma déception a été grande quand j'ai vu sa voiture s'arrêter devant le palais ! Vous prévenir immédiatement, plaquer une « mouche » pour escorter la belle veuve, me blottir dans cette armoire, fut l'affaire d'un instant... Et je m'apprêtais à entendre des propos intéressants... et rien ! Au lieu de cela, rien.. toujours rien !

— Que voulez-vous, Mordacq ! c'est la fatalité qui s'acharne après nous ! Et, je suis sûr, encore une fois, que nous faisons fausse route ! La comtesse est innocente !

— Quel est le coupable, alors ?

— Cherchez-le !

— Facile à dire !

— Et difficile à faire, je le sais ! Mais c'est justement parce que le drame de la rue de Varennes est hérissé de difficultés que vous êtes chargé d'en débrouiller les fils.

— Merci bien de l'honneur ! Et... là-bas... au ministère ?

— On garde le silence le plus absolu ! On se tait et on dément le vol, quand on parle un peu trop haut dans les bureaux des grands chefs !

— Pourquoi ?

— Si le moindre bruit venait à transpirer au dehors, il y aurait plus que du grabuge !

— Où ?

— Au Parlement, dans la maison de Sa Majesté et dans les rues !

— Mille sabres de bois... Alors, c'est vrai... le vol a été considérable ?

— Epouvantable, Mordacq ! Je vous le répète, une seule indiscrétion, une allusion anodine, déchaînerait dans la Chambre, dans la presse et dans le public un affolement général !

— Et le ministre est certain...

— Trop certain, hélas ! C'est lui-même qui avait remis au comte d'Etiolles, homme dans lequel il avait une confiance absolue, une partie des plans de la mobilisation de la frontière de Est...

— Quand les avait-il apportés ?

— Le jour même de l'assassinat !

— Pourquoi faire ?

— Pour les annoter et en faire un ext
succinct...

— Et tout a disparu ?

— Tout ! Le comte, pour pouvoir travailler
avec plus de tranquillité, les avait emportés chez
lui, comme il avait l'habitude d'ailleurs de le
faire quand des pièces importantes lui étaient sou-
mises.

— Donc, c'est pour s'emparer de ces plans qu'on
l'a assassiné !

— C'est certain, et voilà le seul et unique
mobile du crime !

— Mais qui pouvait savoir que le comte avait
en sa possession ces plans de mobilisation ?

— Personne autre que le ministre !

— Mille pardon, monsieur le juge... il faut
qu'une indiscrétion ait été commise, sans cela, qui
donc aurait pu soupçonner le voyage de ces documents ?

— Les affirmations du ministre sont formelles !

— Formelles... formelles... il peut se tromper,
le cher homme... ou avoir été trompé ! Ce
n'est pas lui qui a écrit, édifié et tracé ces plans,
n'est-ce pas ?

— C'est évident !

— Donc, un ou plusieurs attachés du ministère ont su que ces plans existaient... De là à

une divulgation, à un mot échappé, il n'y a qu'un pas et ce mot a conduit celui qui avait intérêt à s'emparer de ces pièces. à les dérober ! De plus, et c'est là le point le plus important pour moi, la comtesse a été rendre visite à son mari, dans son cabinet, au Ministère de la Guerre, pendant peut-être qu'il maniait ces pièces...

— Eh oui... mille fois, j'ai songé à cette présence fortuite...

— Heu... heu... fortuite ou préméditée !

— Non, Mordacq, non... cette présence était absolument fortuite, car la comtesse étant à Nice, ne pouvait prévoir le dépôt de ces plans entre les mains de son mari !

— Qui sait ?

— Le contraire serait inadmissible !

— Qui sait, cher monsieur Bouvery, qui sait !

— Encore une fois, cette supposition est impossible ! La comtesse était dans l'express de Nice quand on a assassiné son mari... elle était venue à Paris pendant quelques heures...

— Et si, pendant ces quelques heures, elle a vu les plans entre les mains de son mari ? Si pour s'emparer de ces pièces si précieuses, elle a fait assassiner le comte ? Si, prévenue par le comté lui-même, elle n'attendait que le moment où ces plans seraient entre ses mains pour donner le signal du meurtre ?

— Pour quel motif ?

— Sarah est prussienne, vous le savez par son acte de naissance retrouvé, difficilement il est vrai, mais retrouvé tout de même à Ansbach...

— Et qui serait son complice ?

— Je vous l'ai dit à mon retour de Nice, monsieur le juge !

— Ce baron de Lignolles ?

— Parfaitement ! J'ai fait des recherches et les renseignements que j'ai pu avoir ne font que confirmer mes idées. Lignolles est un petit hameau d'Alsace, perdu au fond d'une forêt... Un personnage répondant à la tournure et à l'aspect de notre homme, a acheté et payé comptant, il y a une douzaine d'années, une trentaine d'hectares de terre en friches dans ce pays presque désert ; là, on a bâti une bicoque éloignée de toute habitation, et ces terres sont exploitées, à l'heure actuelle, par une sorte de fermier, moitié paysan, moitié soldat, et qui est originaire de la Bavière... Tous les ans, notre baron va passer quelques jours là-bas, à Lignolles, dont il a pris le nom... Or, quand il est là-bas, il traverse avec son fermier trois ou quatre fois la frontière, et son fermier lui-même, qui passe les trois quarts de son temps à chasser, est bien plus souvent en Prusse qu'en France. Je suis certain que ce De Lignolles est sujet prussien et que sa propriété d'Alsace n'est qu'un trompe-l'œil !

— Tout le monde, mon cher Mordacq...

— A des propriétés en Alsace ou en Lorraine, d'accord ! Mais comment expliquez-vous, monsieur le juge, qu'un monsieur qui prend le nom d'une terre inculte qu'il a achetée, qui ne possède aucun parent, ni aucun patrimoine, puisse dépenser à Paris, en plein quartier aristocratique et riche s'il en fut, des sommes considérables ? Le baron de Lignolles, qui est baron comme vous et moi, a un hôtel somptueux avenue des Champs-Elysées ; valets, chevaux, voitures y abondent ; son train de maison est des plus huppés ; ses salons, ses salles à manger ou à jouer sont recherchées par toute la haute fashion mondaine... et demi-mondaine, et voici le plus étrange, à ce gentilhomme de belle allure et de visage plus qu'agréable, dépensant sans compter et payant rubis sur l'ongle, on ne connaît pas l'ombre, vous entendez, pas l'ombre d'une maîtresse, bien qu'il n'ait pas encore trente-huit ans !

— Cela ne prouve rien, mon cher inspecteur !

— Ça prouve beaucoup, au contraire !

— Comment !

— Quand on n'a pas de maîtresse affichée au grand jour, c'est qu'il en existe dans la coulisse !

— Et cette coulisse serait ?

— L'hôtel de la rue de Varennes !

— Sarah !

— Parfaitement, monsieur le juge ! La belle Sarah, la comtesse d'Etiolles qui sort d'ici, la veuve éplorée que vous venez d'entendre, est sûrement la maîtresse de De Lignolles, qui est parti pour Nice le lendemain de l'assassinat du comte !

— Pour Nice ! Lui... il est parti à Nice ?

— La comtesse Sarah a pris l'express de cinq heures du soir, le comte a été assassiné vers les dix heures et le lendemain matin, le De Lignolles rejoint sa belle par l'express de huit heures !

— Vous êtes sûr ?

— Archi-sûr, mille sabres de bois ! Le baron arrive à Nice, se rend immédiatement à la villa des Roses, y séjourne pendant quelques heures, s'y fait apporter tous les journaux de Paris et quitte la Côte-d'Azur le soir même, un peu avant le retour à Paris de la belle veuve... Où est-il allé ? Je l'ignore... De la gare de Nice, où un bagage se composant d'une malle énorme, restée en consigne pendant qu'il va chez Sarah, il part pour Turin, viâ Modane... et là, on perd ses traces ! Que pensez-vous de tout cela, monsieur le juge ?

Pendant quelques instants, le juge d'instruction regarda fixement l'inspecteur de la police secrète.

Puis, d'une voix où perçait une certaine émotion, il dit lentement :

— Ainsi, selon vous, ce de Lignolles serait non seulement l'amant de la comtesse, mais encore...

— L'assassin du comte, parfaitement ! D'autant plus que son hôtel, ses meubles, ses écuries, tout enfin, a été vendu aux enchères, il y a dix jours à peine, et que le baron n'a plus reparu à Paris depuis sa fugue à Nice !

— Et le chef de la sûreté connaît ces détails ?

— Naturellement, monsieur le juge, et mon premier devoir a été de les lui communiquer... à mon retour de Nice d'abord, et ensuite après avoir obtenu les renseignements relatifs à mon individu !

— Et que pense M. Claude ?

— Il est absolument de mon avis ! Le De Lignolles est un joueur effréné... aux courses, au cercle, chez lui-même, il perd sans sourciller des sommes énormes ; il fréquente tout le monde de la haute noce, et fraye, nuit et jour, avec des gens à l'accent et à la tournure exotique... D'où vient l'argent ? C'est ce que je me suis demandé... et voici ce que ma jugeotte m'a répondu : quand on gaspille l'or et qu'on n'a pas le sou, il faut que quelqu'un garnisse la poche !

— Et ce quelqu'un ?

— Serait Sarah !

— Elle n'est pas assez riche...

— Quand on est prussienne et qu'on a pour amant un prussien, en vendant à la Prusse des documents secrets qui intéressent la frontière de l'Est, on gagne des sommes considérables, monsieur le juge !

— Ainsi, vous êtes persuadé...

— Qui le comte d'Etiolles a-t-il vu au ministère quelques heures avant sa mort ? Sarah !... Sarah seule !

— Et ces plans seraient...

— Vous les trouverez chez Sarah... ou chez son complice, avec l'argent de la trahison ! A moins...

— A moins ?

— Que ces pièces, si précieuses pour la défense de la Patrie, ne soient depuis longtemps déjà entre les mains du roi de Prusse !

— Ce serait épouvantable, Mordacq !

— Et oui, je le sais... mais c'est comme ça ! Sarah est une espionne... mais pas une imbécile ! Pendant que sa maîtresse se constituait un alibi indéniable, le De Lignolles assassinait son mari et filait à l'étranger avec les plans et le magot, après avoir raconté à Sarah ce qui s'était passé rue de Varennes ! Or, à qui profitent les plans de la mobilisation de l'Est ? A nos voisins d'Outre-Rhin, n'est-ce pas ? Donc, concluez, monsieur le juge, à qui profite le crime et à qui les plans ont été livrés !

Il se fit un silence...

Le juge, à grands pas, parcourait son cabinet, et de temps à autre, ses traits se crispaient et des éclairs brillaient dans son regard...

Mordacq passait et repassait sa main fébrile sur son crâne dénudé et un sourire de satisfaction évidente venait errer sur ses lèvres...

Et brusquement, il releva la tête.

— J'ai carte blanche, n'est-ce pas, monsieur le juge ?

— Oui, Mordacq... agissez ! Et ce que vous ferez sera bien fait !

— Bon ! Dans ce cas, laissez filer la belle Sarah vers la Côte-d'Azur. Là-bas, mes agents Baculard et Mirgodin la surveilleront... mieux qu'ici peut-être ! Et soyez sûr que tôt ou tard le papillon viendra se brûler les ailes à la chandelle ! A vous revoir, monsieur le juge... Et mille sabres de bois et de paille, si Napoléon Mordacq ne meurt pas en route, il finira bien par mettre sa patte sur les ailes du papillon... et de sa belle colombe ! Sans adieu !

FIN DE LA PREMIÈRE PARTIE

DEUXIÈME PARTIE

Ange et Démon

I

AMOUR FATAL

On était aux derniers jours de février ; un pâle soleil inondait de ses légers rayons la nature encore endormie et le ciel, uniformément bleu, formait à l'horizon un immense lac d'azur, à peine constellé, çà et là, de quelques flocons blanchâtres.

La vieille terre champenoise semblait sortir de sa longue torpeur hivernale ; de toutes parts, de ses sillons fraîchement tracés une vapeur diaphane s'élevait en de folles chevauchées ; sur les buissons et les taillis, aux branches sèches et noirâtres, de minuscules folioles tentaient de s'épanouir, les timides gazouillis des oiseaux zébraient l'espace, les paysans, courbés sur les manches de la charrue, déambulaient lentement dans la plaine, et aux sonores hennissements des chevaux répondait, au loin, le lourd mugissement des étables...

Et au milieu des derniers vestiges de l'hiver, le gracile printemps était à la veille de prendre son essor !

Huit heures venaient de sonner joyeusement au léger clocher de Chènevrey, quand la porte du presbytère s'ouvrit.

Deux hommes apparurent sur le seuil.

L'un était un beau vieillard, aux longs cheveux blancs bouclés et tombant sur ses épaules : c'était l'abbé Vazcilles, le curé du village.

L'autre était un jeune homme admirablement découplé, à la figure ouverte, aux grands yeux noirs, à l'air martial et résolu.

Les deux hommes, l'hiver et le printemps de la vie, traversèrent silencieusement la place du village.

Arrivés devant l'église, ils s'arrêtèrent.

— A midi, mon bon père ! dit le jeune homme.

— Comme hier, n'est-ce pas ? répondit le prêtre avec un bon sourire.

— Non, mon père... aujourd'hui, je serai ici au premier tintement de l'Angelus.

— Va, mon enfant, va... et si tu n'es pas rentré, je t'attendrai, voilà tout ! A tout à l'heure, Christian !

Et le prêtre, ayant tendrement embrassé le jeune homme, entra sous le porche de l'église et se mit à tirer sur les cordes des cloches pour appeler les habitants de Chênevrey à l'office matinal.

D'un pas rapide et dégagé, celui que le prêtre venait de nommer Christian s'engagea dans la grand'rue du village, faisant un signe amical de la main et de la tête aux paysans qu'il rencontrait, ou adressant un gai sourire aux belles filles qui se trouvaient sur leurs portes ou dans la cour des chaumières.

Arrivé presque à la sortie du village, il s'arrêta devant une vieille maison aux murs lézardés, recouverte de lierre et de chèvrefeuille, qui en masquaient la vétusté et dont la porte et les fenêtres étaient grandes ouvertes.

Cette vaste bâtisse qui, avec cet enchevêtrement de feuillage et de branches avait un aspect des plus poétiques, était l'unique auberge du pays et, pour que nul ne l'ignore, un gigantesque morceau de tôle, à moitié rongé par la rouille, se balançait lentement au-dessus de la porte d'entrée à côté d'un « bouchon » de gui, quelque peu fané par les intempéries.

Sur cette plaque, grinçant au souffle du vent et

recroquevillée comme un vieux « diable », on pouvait lire, en y mettant beaucoup de bonne volonté et d'attention, ces lettres, aux trois quarts effacées par le temps :

Au Chariot d'or

Christian entra dans l'auberge.

La « salle », comme l'appelait pompeusement la propriétaire de l'auberge, était vide ; cinq ou six grandes tables flanquées de leurs bancs, une dizaine de chaises, quelques escabeaux et un immense comptoir collé contre le mur formaient l'ameublement succinct du cabaret de Chènevrey.

Dans la cheminée, âtre prodigieux tenant tout un côté de la salle et où on aurait pu faire rôtir à la broche un bœuf tout entier, une brassée de bois mort et de ramillons pétillait joyeusement, et au-dessus du manteau de cette cheminée cinq fusils, entourés d'un fourreau de serge verte, étaient régulièrement alignés sur des cornes de cerf faisant l'office de support.

— Holà, mère Rose ! fit Christian en frappant du poing sur une table ; êtes-vous là ?

Un bruit sourd, lointain et confus se fit entendre.

Puis, une porte s'ouvrit dans fond de la salle et la mère Rose apparut, tenant entre ses bras un immense pot rempli de lait mousseux jusqu'aux bords.

— Te v'là donc, not' Christian ! Ça, c'est gentil
tout plein d'avoir tenu ta parole !

— N'est-ce pas, maman Rose ! Et... ça va bien,
ce matin ?

— Non, vois-tu, mon Christian, non, ça ne va
pas ! Je crois que c'est la fin des fins... et l'an
prochain tu ne me verras pas vivante !

Christian ne put s'empêcher d'éclater de
rire.

— Vous... mourir ? Mais vous m'enterrerez,
ma bonne Rose !

Et le jeune homme vint s'asseoir auprès de
l'âtre, tandis que la mère Rose, soufflant comme
un phoque et effondrant le parquet sous ses pas,
déposait sa jatte de lait sur le comptoir.

Puis elle s'approcha de Christian et plaqua sur
ses deux joues un baiser violent et sonore.

La mère Rose, comme tout le monde l'appelait
à Chènevrey et dans les villages voisins, n'avait
nullement l'apparence d'une moribonde, et sa
trogne rouge comme une pivoine, sa taille épaisse,
et ses muscles de mastodonte excusaient l'irrévé-
rencieuse hilarité du jeune homme.

Quand le feu fut tisonné et qu'une brassée de
coques eut remplacé les ramilles, la mère Rose
s'assit à côté de Christian, et campant ses deux
poings sur les hanches, elle s'empressa de
demander des nouvelles du curé.

—Toujours jeune, lui, malgré ses soixante ans! fit-elle d'un air contrit.

— Et vous donc, mère Rose! Ma parole, chaque fois que je viens ici, je vous trouve rajeunie! Et vous parlez de mourir... à trente ans!

— Trente-sept, Christian, trente-sept!

— Mais c'est la fleur de l'âge ça... et vous vous portez comme un charme!

— Je me porte trop bien, Christian, trop bien... et c'est ce qui me fait craindre une mort prochaine!

— Dans cent ans, oui! Et encore!

— Je pèse cent douze kilos, Christian!

— Seulement! Alors, maman Rose, quand vous aurez cent ans et que vous pèserez six cents livres, vous pourrez parler de mourir! D'ici là, taisez-vous!

Le visage de la digne aubergiste, d'écarlate qu'il était, devint cramoisi et sa colère allait sans doute éclater quand, prise subitement d'un fou rire, elle fut obligée de se lever et de s'appuyer contre la cheminée...

— Tiens, Christian! finit-elle par dire, après que son hilarante expansion se fut un peu calmée, si t'étais pas le fils de notre curé, j' te mangerais!

— A la croque au sel?

— Allons... v'là que tu te moques de moi à présent! De moi qui pourrait être ta mère! Ah!

autrefois, t'étais pas comme ça, mon fieu...
c'est ton Paris qui t'a rendu moqueur! Enfin,
quoi... faut bien que jeunesse se passe !

Et la mère Rose, approchant ses grosses lèvres
purpurines du front du jeune homme, y déposa
encore une fois un retentissant baiser.

Christian rendit l'embrassade avec usure, puis
il se leva.

— Pierrot a emporté mon matériel? dit-il.

— Oui, mon p'tit Christian... oui ! Il a dû
le mettre où tu avais dit.

— Merci, mère Rose, je pars... l'heure s'avance
et j'ai juré à notre bon curé que je serais rentré
à l'Angelus tintant...

— Dépêche alors, mon fieu... dépêche ! Car
pour aller d'ici à la croix d'Hautmont, il me faut
plus de deux heures !

— A pied?

— Naturellement !

— En ce cas, ma bonne Rose, dans un quart
d'heure, j'y serai... je ne pèse pas cent douze
kilos, moi !

Et Christian, avec un sourire des plus sarcas-
tiques, serra la main de l'aubergiste et sortit
du « Chariot d'or ».

A une centaine de mètres de l'auberge, se dres-
saient les premiers taillis de la forêt d'Hautmont,
dont les arbres séculaires, aux branches enchevê-

trées les unes dans les autres, formaient un épais rideau à la fois sombre et grandiose...

Cette forêt, qui s'étendait sur une dizaine de kilomètres de long et qui en avait presque autant en large, était des plus touffues ; la cognée des bûcherons ne s'y abattait que rarement, les châtaigners et les chênes y poussaient en toute liberté, et les modestes baliveaux et les humbles taillis y croissaient selon les seuls caprices de la nature.

A côté du village de Chènevrey, la forêt d'Hautmont avait absolument le caractère sauvage des forêts du Nouveau-Monde ; nulle ligne n'y était tracée, nul chemin n'était frayé sous ses hautes frondaisons ; par ci, par là, un étroit sentier, à peine foulé par les sabots des paysans allant à la recherche du bois mort serpentait à travers les feuilles mortes et les mousses jaunâtres ; par ci, par là, un trotton s'enfonçait sous les branches enlacées et, en se courbant, on pouvait s'avancer à grand'peine vers l'intérieur de ces sombres massifs.

Néanmoins, il était facile de traverser cette forêt.

Seulement, pour cela faire, il était nécessaire de descendre à deux kilomètres de là, à Mélissay, hameau d'une vingtaine de feux, situé également à la lisière du bois.

Et de là, une véritable ligne, praticable même pour les lourdes charrettes, apparaissait brusquement.

De ce côté, sur une étendue d'une dizaine d'arpents, la forêt était exploitée ; les chênes et les châtaigners étaient moins nombreux, les arbres étaient plus clairsemés, et çà et là, à la fin de la saison d'automne, d'épaisses volutes de fumée sortaient nuit et jour des huttes des charbonniers.

Et au milieu de cette ligne, en tournant ses regards vers la droite, le voyageur qui s'égarait pour la première fois sous ces touffes séculaires, s'arrêtait, muet de surprise et d'admiration...

A deux cent mètres devant lui, apparaissait une immense pelouse au gazon toujours vert, agrémentée de quelques hauts sapins aux branches retombant jusqu'au sol et, au centre de cette pelouse, une sorte de château dressait sa silhouette triste et à la fois morne et majestueuse...

C'était le château d'Hautmont.

Bâti depuis plus de trois cents ans, avec ses pierres noirâtres cachées sous un inextricable fouillis de lierre et de clématites, avec ses tourelles au toit pointu flanquées à ses quatre coins, sa toiture en tuiles moussues et ses hautes fenêtres en ogive, le château d'Hautmont était imposant, et n'eut été la maisonnette rustique et de date récente, qui lui servait de dépendances de l'autre côté de la pelouse et qui était habitée par les fermiers, il eut inspiré l'effroi et la répulsion la plus vive aux yeux naïfs et non prévenus.

Et pourtant, cette vieille et sinistre bâtisse n'était pas un de ces mystérieux manoirs de l'Irlande ou de l'Ecosse, où l'imagination des poètes et des romanciers s'est plue à dérouler les intrigues les plus noires ou les drames les plus sombres...

Nul chevalier errant n'y donnait ses nocturnes rendez-vous, nul Cartouche, nul Mandrin moderne n'y tenait ses repaires ténébreux !

Les seuls visiteurs que l'on y voyait de temps a autre, étaient des mendiants et des miséreux qui venaient frapper à sa porte, sûrs d'y trouver l'aumône charitable, certains d'y rencontrer l'asile au fond de l'étable et l'écuellée de soupe chaude au coin de l'âtre...

En quelques enjambées, Christian fut vite sous bois et là, courbant sa haute taille, écartant de sa main les flexibles rameaux qui obstruaient sa marche, il suivit le sentier rustique et à demi-effacé qui serpentait devant lui.

Dix minutes après, il arrivait à l'orée d'une clairière, sorte de rond-point large d'au moins cinquante mètres, dont les arbres, coupés à ras du sol, gisaient çà et là aux trois quarts ébranchés et recouverts de larges plaques de mousse.

Au centre de cette clairière, se dressait un chevalet, supportant une toile de dimension restreinte; à ses pieds, se trouvaient un pliant et une boîte de couleurs.

C'était le « matériel » de Christian, que le mari de la mère Rose avait apporté là quelques instants auparavant.

Christian s'approcha, ouvrit le pliant, et sans même donner un coup d'œil à sa toile, dont une peinture à peine ébauchée recouvrait un des angles, il s'assit.

Il tira sa montre de son gousset... elle marquait neuf heures.

Christian poussa un profond soupir et sur son visage apparut une légère anxiété...

— Neuf heures ! dit-il à voix basse... elle devrait être là ! Pourvu qu'aujourd'hui ne ressemble pas à hier !

Et un pli amer vint crisper ses lèvres...

Christian avait vingt ans à peine ; et sur ses traits réellement beaux, se reflétaient la franchise, l'énergie et une mâle fierté. Son teint était mat ; ses yeux noirs, largement fendus et surmontés d'épais sourcils, brillaient d'un vif éclat ; une longue chevelure brune et bouclée auréolait sa tête fine et expansive, et à travers ses lèvres rouges et sensuelles, estompées d'une légère moustache, ap-

paraissait une double rangée de dents éblouissan-
tes de blancheur et de finesse. De taille bien prise,
sa poitrine large et ses membres musclés ressor-
taient avec élégance sous le costume de velours
noir qui les recouvrait, et une large cravate aux
plis bouffants donnait à toute sa personne une
allure à la fois distinguée et martiale.

Après avoir machinalement roulé une cigarette,
Christian l'alluma... puis il reprit le cours de
ses pensées...

Tour à tour, son visage s'empourprait et pâlis-
sait ; un furtif éclair brillait dans ses yeux, et
ses doigts fins et allongés se crispaient d'impatience.

— C'est impossible ! dit-il en se levant brusquement et en arpentant à grands pas la clairière ;
elle n'a pas reçu mon billet ! Hier... aujourd'hui,
rien... rien ! Oh ! que je souffre, mon Dieu...
que je souffre !

Et un soupir angoissé sortit de sa poitrine...

Christian revint vers son chevalet, y assujettit
la toile et disposa sur le pliant sa palette et sa boîte
de couleurs...

Puis, après avoir jeté un long regard tout autour de lui, il pénétra sous bois...

Pendant trois cents mètres, il se fraya un chemin à travers les troncs, les branches et les légers
rameaux qui croissaient en tous sens, brisant

d'un tour de main les lianes qui arrêtaient sa marche, écartant les branches ténues qui cinglaient son visage...

Puis, brusquement, une clarté plus vive envahit le bois, et Christian se trouva dans une sorte de ligne étroite et sinueuse, dont seul, certainement, il connaissait l'existence.

Pendant un grand quart d'heure, il marcha plus à l'aise à travers ces arbres encore chargés de leur dépouille hivernale...

Et tout à coup, il s'arrêta... A ses yeux venait d'apparaître la masse noirâtre du château d'Hautmont, que les rayons diaphanes du soleil venaient éclairer de leurs pâles lueurs...

Les yeux fixes, le corps penché en avant, Christian resta là, immobile, derrière un tronc d'érable, à contempler cette demeure sombre qui se dressait devant lui...

A l'exception de celles du rez-de-chaussée, toutes les fenêtres étaient closes, et nulle silhouette ne se voyait derrière les carreaux...

Le silence le plus complet régnait également dans les dépendances du château ; les étables étaient fermées ; nulle fumée ne surmontait le faîte des cheminées, et ces deux vastes demeures, perdues au fond des bois, semblaient complètement inhabitées.

— Ce n'est pas Dieu possible ! s'écria Christian

en frappant du pied ; il est arrivé malheur à celle que j'aime ! Ah ! mes pressentiments ne m'avaient pas trompé... et c'est hier que j'aurais dû demander à mon vénérable père...

Il ne put achever...

Brusquement, une des fenêtres du premier étage s'ouvrit, et les volets, poussés avec force, vinrent claquer sur la pierre...

Christian chancela et un cri étouffé sortit de sa gorge.

Une apparition angélique venait de frapper son regard !

Sur la barre d'appui de la fenêtre, une jeune fille enveloppée d'un long peignoir noir, la tête recouverte d'une mantille sombre, était venue s'accouder.

Ses yeux se portèrent immédiatement sur le coin de forêt qui était en face d'elle et semblaient scruter l'épais rideau de verdure qui s'étendait devant eux... La vision disparut tout à coup...

Mais, quelques instants après, la porte s'ouvrait et un grand lévrier franchissait la pelouse en bonds désordonnés et s'avançait vers l'endroit où Christian, pâle d'émotion et de bonheur, restait en extase.

Nez au vent, humant l'air de ses narines tendues, le lévrier bondit et vint s'arrêter aux pieds de Christian...

— Djelma, mon chien... mon bon chien, tu m'as découvert ! s'écria Christian en embrassant le bel animal au poil gris et soyeux.

Et d'une main fébrile, il palpa le collier épais qui entourait le cou du chien.

De pâle qu'il était, le visage de Christian devint écarlate ; son cœur se mit à battre à coups redoublés, et une larme vint perler au bord de sa paupière.

Attaché au collier avec une faveur blanche, un papier minuscule apparut.

Christian le déplia et, avant d'en lire le contenu, il déposa un ardent baiser sur les lignes qui venaient d' « Elle » !

Le billet était laconique... mais la joie de Christian fut immense !

« Demain, au presbytère. — Odette. »

Christian relut dix fois ces quelques mots, qui brillaient devant ses yeux comme des lettres de feu... Tout son sang avait afflué à son visage et il se mordait les lèvres pour ne pas hurler à ces arbres, à ces mousses, à ces oiseaux qui chantaient leur gazouillis joyeux dans les branches dénudées, sa joie, son bonheur, son amour !

Et comme un fou, il se mit à arracher, çà et là, des touffes de violettes au parfum pénétrant, qui cachaient leur tendre corolle au pied des troncs séculaires... il les attacha au collier de Djelma, et c'est d'une voix tremblante qu'il éloigna le lévrier en lui disant, après l'avoir embrassé vingt fois au moins :

— Va, mon bon chien, va... porte lui ma réponse, porte lui mes baisers !

Le messager fidèle n'attendait que cette réponse sans doute, car, dès que les mains de Christian lui eurent rendu la liberté, d'un bond il s'élança, traversa la pelouse comme une flèche et disparut bientôt derrière la lourde porte du château...

Immobile, les lèvres frémissantes, Christian resta là, à la même place...

Un instant après, la jeune fille apparut à la fenêtre, tenant les humbles violettes dans sa main...

Pendant quelques secondes, elle s'appuya sur la barre de la fenêtre ; puis elle porta les fleurs à ses lèvres, y déposa un long baiser et lentement se retira en envoyant à celui qu'elle ne voyait pas, mais dont elle devinait la présence, un suprême baiser emporté dans l'espace par l'haleine parfumée de ses lèvres et de ses fleurs...

La fenêtre se referma.

Lentement, Christian rentra sous bois.

Maintenant, il marchait à pas lents... des bouffées d'allégresse lui montaient au cerveau, la joie la plus profonde débordait de son cœur, et le nom de l'aimée revenait sans cesse sur ses lèvres...

Arrivé à la clairière, il referma sa boîte de couleurs et emporta son matériel sous bois ; puis, par le sentier tortueux qu'il avait déjà suivi, il revint à Chènevrey. L'Angelus tintait joyeusement son appel au repos.

Ce bruit argentin qui zébrait l'espace rappela Christian à la réalité ; il était midi, midi passé même, et ce fut en courant qu'il se précipita vers le presbytère, sans même faire attention aux sonores appels de la mère Rose, la puissante aubergiste du « Chariot d'or » !

Le curé Vazeilles déambulait à petits pas dans la longue allée de son jardin en lisant son bréviaire, quand Christian entra.

— Eh bien, mon bon père... ce matin, vous ne me gronderez pas, je suis exact !

Le prêtre releva la tête, ferma son Livre d'Heures, se signa et s'avança en souriant vers le jeune homme.

— Il y a du progrès, mon cher enfant... hier tu étais en retard, aujourd'hui tu es exact comme le soleil, demain tu seras en avance ! Mais tu es bien rouge, Christian ?

— C'est le grand air, mon bon père ! Et puis, je vais vous le dire... j'avais peur d'être en retard !

— Et tu as couru ?

— Comme un dératé !

— Et d'où viens-tu donc, mon enfant ?

Christian allait répondre, quand, sur le seuil du presbytère, une opulente commère, les bras retroussés et les poings sur les hanches, se montra.

— Eh, not' curé ! s'écria-t-elle d'une voix à faire trembler tout l'immeuble sur ses bases, allez-vous bientôt venir déjeuner ? Vot' obelette va-z'être froide ou brûlée, bonne vierge ! Si c'est dieu possible... n'avoir pas plus de soin que ça de ce qu'on mange !

Et Angélique, car la tonitruante servante de l'abbé Vazeilles répondait au doux nom d'Angélique, rentra en bougonnant dans sa cuisine.

— Toujours pareille, cette brave fille ! fit Christian en prenant place en face du prêtre dans l'humble mais coquette salle à manger.

— Mon cher Christian, telle tu as connu notre bonne Angélique il y a vingt ans, telle tu la retrouves aujourd'hui ! Si elle parlait une fois, une seule fois, sans se mettre en colère, ses paroles l'étoufferaient !

Et ayant dit le *Benedicite*, le prêtre se mit à table.

Angélique, tout en roulant des yeux formidables, apporta « l'obelette », omelette du plus bel aspect d'ailleurs, ni froide, ni brûlée, répandant un subtil parfum digne de délecter l'odorat des plus fins gourmets, grâce aux multiples petites tranchettes de jambon dont elle était copieusement garnie !

— Et où as-tu été, futur Rubens? fit l'abbé quand les premiers coups de fourchette eurent un peu apaisé les cris des estomacs... En forêt, selon ton habitude?

— Mon Dieu oui, mon cher père !

— Elle n'est pourtant pas bien poétique, par ces temps-ci !

— Le fait est, répliqua Christian en rougissant quelque peu, que les arbres sont bien mornes ! Mais dans quelques semaines...

— Dans quelques semaines, tu ne seras plus là, mon enfant !

— Qui sait ?

— C'est toi même qui, hier encore, m'as dit que tu comptais...

— Et les vacances ? Cette année, je l'espère bien d'ailleurs, en profiter largement ! Si j'obtiens mon prix de Rome, je veux rester auprès de vous, mon père, le plus longtemps possible et ne partir pour la divine Italie que le plus tard possible également.

— Ainsi, tu crois que ton épreuve de concours préparatoire pour le prix de Rome...

— Je crois, je crois... c'est-à-dire que j'espère ! et soyez persuadé que si mes travaux antérieurs ne m'avaient pas été favorables, on ne m'aurait pas accordé une dispense d'âge pour entrer en loge !

— Tu es un véritable artiste, Christian !

— Mon bon père, vous me rendez vaniteux...
affreux défaut, surtout pour un peintre ! Non...
je ne suis pas un prodige, mais j'ai de la chance,
voilà tout !

— Talent ou chance, te voilà, même dans le cas
où tu ne réussirais pas cette année-ci, à la tête de
tous tes camarades d'atelier... et tu n'as que vingt
ans !

— Que voulez-vous... c'est le hasard, si ce n'est
pas la chance ! Car, soyez persuadé que ma peinture n'est pas meilleure que celle de mes compagnons de l'Ecole des Beaux-Arts !

— Tu es trop modeste, mon enfant ! Tes maîtres
me l'ont dit, et ils te l'ont appris également, tu as
une nature particulière, et on fonde sur toi, en
haut lieu, de brillantes espérances...

— On exagère mon bon père ! Et à qui suis-je
redevable, de ce talent, si toutefois talent il y a,
sinon à vous ?

— A moi ?

— Oui, à vous, à vous seul qui avez veillé sur
mon enfance avec des soins de véritable père, qui
m'avez instruit, qui m'avez dirigé et conduit et qui
du pauvre enfant trouvé sous le porche de votre
église, avez fait un être qui sera quelqu'un un
jour !

Et Christian, se levant, vint embrasser avec effu-
sion le vieux prêtre.

Une furtive rougeur apparut sur les joues de l'abbé Vazeilles, tandis que sous ses paupières brillaient quelques larmes.

— Je n'ai fait que mon devoir d'homme et de chrétien, mon enfant !... L'an prochain, à peu près à cette époque, tu auras vingt-et-un ans, tu seras majeur, et comme je te l'ai déjà dit à plusieurs reprises, tu connaîtras enfin le passé et je soulèverai à tes yeux le voile mystérieux qui a entouré ton enfance ! Et alors, tu verras, mon cher Christian, que ce que j'ai fait pour toi, tout autre aurait pu le faire à ma place !

— C'est impossible, mon père !

— Allons, enfant, ne me donne pas dans le fol enthousiasme de tes vingt ans, plus de qualités que je n'en ai ! A propos, Christian, puisque tu dois rester ici pendant quelques jours encore, tu serais bien aimable de donner un coup d'œil au tableau de l'église que nous a donné l'Impératrice... la peinture s'écaille par places et réclame les soins de ton talent.

— Ce sera fait, mon cher père... et même, comme je ne veux pas rester dans l'inactivité, mère de tous les vices, je commencerai le panneau face à la chaire, le fameux panneau que je vous ai promis l'an dernier déjà ! L'un de ces jours, j'irai à Troyes et j'achèterai tout ce qui m'est nécessaire !

— Et la mère Rose, tu ne l'oublies pas, j'espère ?

— Demain, elle n'aura plus rien à souhaiter...
son enseigne sera mirobolante et je lui ferai un
chariot d'or... à éblouir le soleil lui-même !

Le repas tirait à sa fin.

Angélique, pour fêter dignement le retour de
Christian, avait sorti du fond de ses placards tout
le ban et l'arrière-ban de ses compotes, de ses
gelées, de ses marmelades et même, pour donner
plus de cachet à ce joyeux festin, elle avait apporté
sur la table, en même temps que le café, une vénérable bouteille de brou de noix, qui ne voyait la
lumière que le jour où Monseigneur venait faire sa
tournée pastorale...

Et il n'était venu que deux fois depuis trente
ans !

— Et qu'y a-t-il de nouveau à Chênevrey, mon
père ? finit par dire Christian, quand la douce
Angélique eut achevé de tarabuster M. le curé au
sujet d'une tache sur la nappe immaculée !

— Pas grand chose, mon enfant ! Chênevrey
est un pays de cocagne ; on y vit heureux, on
ne s'y déchire pas trop, les langues ne sont que
fort peu médisantes et l'existence s'y coule tout
doucettement en attendant l'heure du trépas !

— Personne n'est mort depuis le mois de sep-
tembre ?

— Personne, heureusement ! Mais, comme tu le
sais, Chênevrey a fait une grande perte !

— Une grande perte ? Comment cela...

— Comment... tu ignores...

— Quoi donc ?

— Au fait, c'est vrai... Tu étais en loge à cette époque, et le bruit de cette tragique et lugubre affaire n'a pu venir frapper tes oreilles !

— Parlez, mon père... Que s'est-il donc passé à Chênevrey ?

— A Chênevrey, rien... mais à Paris, la mort a frappé l'un des nôtres !

— A Paris ? Qui donc...

— Le comte d'Etiolles a été assassiné !

— Le comte... assassiné !

Et Christian, dont le visage devint blême, se leva d'un bond.

— Mais c'est impossible ! Une telle monstruosité...

— S'est passée à Paris, mon enfant, et il y a cinq semaines déjà de cela !

Atterré, Christian retomba lourdement sur sa chaise...

— Ah, murmura-t-il d'une voix à peine distincte, c'est pour cela qu'elle est vêtue de deuil ! Pauvre amie... pauvre amie !

Et un rictus douloureux vint contracter ses traits.

Le prêtre fixa longuement son regard sur le visage du jeune homme...

Certes, il n'avait pas saisi les paroles incompréhensibles de Christian, mais ses traits convulsés, cette pâleur mortelle, cette poitrine oppressée parlaient distinctement pour lui !

Et brusquement, il entrevit la cause de cette épouvante... la cause réelle de l'émotion étrange de son enfant !

— Que s'est-il donc passé rue de Varennes? fit sourdement Christian. Je suis entré en loge le huit janvier... j'en suis sorti avant-hier, et pendant ces deux mois, j'ai été séparé du monde !

— Hélas, mon cher Christian, les renseignements que tu me demandes, c'est par les journaux que je les ai connus et par la dépêche laconique qui a été adressée à cette pauvre Odette... A la nouvelle du crime qui arrachait à son affection son père, son seul et unique soutien, sa douleur a été effroyable... J'ai été au château, et pendant les quelques instants que j'ai pu la voir et essayer d'apporter un peu de baume consolateur à son cœur broyé, j'ai vu combien cette chère créature souffrait et combien la vie allait lui être douloureuse !

— Vous l'avez vue...

— Pendant un quard d'heure à peine... et ce drame m'a tellement bouleversé, moi qui connaissais le comte d'Etiolles depuis trente-cinq ans et qui ai pour sa fille une affection sincère, que j'ai été obligé de garder la chambre pendant quelques jours !

— Vous, mon père !

— Oui, mon enfant ! Comme tu le sais, la mère d'Odette était de Chènevrey même, et depuis que le comte était remarié avec cette femme, dont la chronique mondaine parle tant, j'avais pris en pitié la malheureuse délaissée du château d'Haut-mont... ta camarade d'enfance, Christian !

Le jeune peintre n'écoutait plus les paroles du prêtre... son esprit était loin ! Sa pensée s'était envolée vers la triste demeure de la forêt et sur celle qui l'habitait !...

Et brusquement, il releva la tête.

— Comment cet horrible drame s'est-il accompli, mon père ?

— Voici ce que j'ai lu dans les journaux que je me suis fait envoyer de Troyes, mon pauvre Christian !

Et l'abbé Vazeilles raconta ce qu'il avait lu dans les grands journaux de Paris qui, pendant huit jours, avaient donné les reportages les plus sensationnels sur le « Crime de la rue de Varennes ».

Christian, quand le prêtre eut achevé son long récit, resta plongé dans une profonde stupeur... Cet horrible forfait dépassait les bornes de son imagination, et ce fut les larmes aux yeux qu'il dit :

— Et à l'heure actuelle, l'assassin n'est pas encore retrouvé ?

— Non, que je sache !

— Le découvrira-t-on seulement ?

— Hélas, je l'ignore, mon enfant ! Depuis deux ou trois semaines déjà, les journaux sont muets et l'on ne parle plus de cet effroyable meurtre !

— Et... Odette ? Elle est... seule... ici ?

— Quelques jours après la mort de son malheureux père, Odette est rentrée à Chènevrey; cette chère enfant n'a pu rester rue de Varennes, et elle a préféré la solitude du château, où elle pouvait donner libre cours à sa douleur, à la compagnie de sa belle-mère !

— Vous l'avez vue depuis son retour ?

— Tous les dimanches, elle assiste à la messe... Au sortir de l'église, elle va sur la tombe de sa mère et, en quittant le cimetière, elle entre au presbytère...

— Sa santé ?...

— Est bonne... et malgré les affres de son cœur, elle s'efforce d'oublier le passé pour ne songer qu'à l'avenir... car elle espère bien que, tôt ou tard, le meurtrier de son père finira par tomber entre les mains de la justice !

— Chère Odette ! ne put s'empêcher de dire Christian avec vivacité; à dix-sept ans... seule au monde... et déjà si éprouvée par le sort !

— Tu la verras sans doute dimanche, Christian, et je suis sûr que la vue de son ami d'enfance lui sera agréable !

Christian rougit.

— Certes oui, moi aussi, je la verrai avec plaisir ma pauvre Odette... et quand je ne serai plus là, vous, mon bon père, tâchez de relever son courage et d'adoucir les tristesses de son âme ! Elle souffre et vos paroles de consolation apporteront à son cœur broyé un peu de calme et d'espoir !

Comme une trombe s'abattant en plein océan, la douce Angélique se précipita dans la salle à manger.

— Not' curé, v'la Pierre Barbier, du hameau des Cholettes, qui vient vous quérir !

— Qu'y a-t-il ?

— C'est son voisin Duteil qui agonise et il y faut les sacrements.

Le prêtre se leva.

— C'est bien... que Pierre retourne aux Cholettes... j'y serai avant lui.

— Bon, not' curé ! J' vas y s'y dire !

— Toujours les mêmes ! fit douloureusement le prêtre en se tournant vers Christian... ils attendent d'être sans connaissance pour se réconcilier avec Dieu !

L'abbé Vazeilles prit son chapeau et jeta sa pèlerine sur ses épaules.

— Tu viens avec moi, mon enfant? Le temps est beau, tu me donneras ton bras et nous causerons.

— Ne suis-je pas votre bâton de vieillesse, mon père !

Quelques instants après, le prêtre sortait de l'église, muni des objets dont il avait besoin pour son ministère, et se dirigeait, appuyé sur le bras de Christian, vers les Cholettes, hameau de vingt feux à peine, situé à deux kilomètres de Chênevrey.

A peine avaient-ils disparu au tournant de la route, que d'un massif d'arbres attenant à une vieille cabane de berger, abandonnée depuis des années et des années, un homme sortit avec précaution...

La route était déserte ; les timides rayons du soleil se jouaient à travers les arbres à peu près dénudés qui bordaient le talus et nulle silhouette humaine n'apparaissait aux alentours...

L'homme fit quelques pas... le regard toujours fixé sur le tournant de la route où venaient de disparaître le prêtre et Christian.

— Lui ! murmura-t-il ; lui... c'est lui ! mon attente n'a pas été vaine et je le retrouve enfin !

Et le visage radieux, l'homme rentra au village, se retournant de temps à autre, comme pour revoir la vision fugitive...

Quelques instants après, il entrait à l'auberge du « Chariot d'or ».

La mère Rose était assise devant l'âtre, plumant un poulet à grand renfort de bras.

Au bruit de l'homme poussant la porte, elle se retourna.

— Vous v'là déjà de retour ? Ben, mon bon monsieur, vot' promenade n'a pas été longue, à ce tantôt !

— N'est-ce pas ? répondit le nouvel arrivé ; ce soir, je me sens fatigué...

— C'est-y aussi des métiers que vous faites ! Depuis quinze jours que vous êtes ici, vous ne dormez pas... vot' lit n'est pas même défait des fois..... vous ne mangez pas... vous ne buvez pas... jour de Dieu ! Si c'est avec ce régime là que vous rétablirez votre santé, çà m'étonnera, marchez !

L'homme sourit.

— Vous avez raison, ma bonne maman... et, ma foi, je vais suivre vos conseils ! Ils seront peut-être aussi bons que ceux de mon médecin !

— Pour sûr, allez ! Ces bourreaux-là ne pensent qu'à traîner en longueur les maux des pauvres gens pour leur faire payer plus de visites ! Ah les gueux !

— Donc, dès ce soir, je vais manger !

— A la bonne heure ! Tenez, tâtez-moi ce coco.

là ! Est-il assez à point, hein ? Ce serait pitié que d'y pas faire honneur.

— J'y ferai honneur... et avec un verre de ce petit vin blanc...

— Un verre ? Une bouteille, mon bon monsieur, une bouteille ! Et ensuite, comme on ne s'en va pas sur une seule jambe, vous en boirez une autre avec le frère de ce coco-là cuit dans son jus ! Allez, marchez, vous m'en direz des nouvelles après !

Et la mère Rose, pour donner plus de poids à son affirmation, brandit son poulet, le balança dans l'espace, et finalement le mit sous le nez de son pensionnaire.

— Hein ? C'est-y gras, c'est-y dodu, c'est-y luxuriant ? fit-elle avec un enthousiasme sans égal.

— Maman Rose, quand il sera cuit, il sera encore plus fin, plus dodu et plus luxuriant... et son frère aussi, n'est-ce pas ?

— Pour sûr... vous verrez çà à ce soir !

Et l'homme vint s'asseoir au coin de l'âtre, en face de la monumentale aubergiste, qui s'apprêtait à flamber son poulet à la flamme pétillante d'une brassée de sarments.

— Où avez-vous été ce tantôt, not' monsieur ? dit-elle au bout d'un instant ; vous n'avez pas évu le temps d'aller ben loin, m'est avis !

— Effectivement... je suis descendu jusqu'au tournant de la route qui continue le chemin du village et, ma fois, j'ai pris un bain de soleil devant une cabane de berger.

— Oui-dà !

— Et j'étais sur le point de m'assoupir, quand des bruits de pas m'ont fait sortir de ma torpeur.

— C'étaient pas des loups, jour de Dieu ?

— Heureusement ! C'était votre curé qui allait en promenade sans doute avec un beau jeune homme...

— C'était son bâton de vieillesse... ce brave Christian, pour vous servir !

— Un étranger, sans doute... car sa mise ne ressemble pas à celle des jeunes gens du pays.

— C'est ce qui vous trompe, not' monsieur ! Christian est d'ici... pas né natif... natif... mais de Chènevrey tout de même !

— Et il habite le village ?

— Que nenni ! C'est un biau monsieur, à cett' heure que not' Christian... et il est à Paris !

— A Paris... à son âge ! Qu'y fait-il ?

— Il étudie la peinture, tel que vous le voyez, et c'est déjà même un grand artisse... même qu'un de ces jours, il doit repeinturlurer mon enseigne !

Tout en parlant avec une certaine nonchalance, l'homme regardait fixement la patronne du « Chariot d'or » et ses joues se couvraient d'un rouge étrange.

— Il est peintre en bâtiment, en ce cas ? reprit l'homme avec un mouvement de désappointement.

— Jours de vie, que dites-vous là, not' monsieur ! C'est pas un barbouilleur, not' Christian ! C'est un artisse... un grand artisse... il fait des tableaux... des tableaux grands comme ça !

Et la brave commère montra à la fois le plafond, la porte, les murs et le carrelage de son immense salle d'auberge !

— Et c'est à Paris qu'il apprend à peindre ?

— Pour sûr, à l'école des Biaux-Arts !

— Depuis longtemps ?

— Depuis quatre ans donc ! Et même, que m'a dit Angélique, la servante de not' curé, qu'il va aller à Rome... parce que, à Paris, il n'y a plus rien à apprendre pour lui !

— A Rome ? Ce jeune homme est prix de Rome ?

— Quasiment... on attend la réponse des juges !

— Quel âge a-t-il donc ? fit brusquement l'homme, tandis qu'une légère pâleur apparaissait sur son visage...

— Christian a évu vingt ans à quelques jours près, à la Saint-Joseph, qui est comme vous le savez le 19 mars !

— Comment, vingt ans à peu près... Vous ne savez pas son âge exact ?

— Naturellement ! Car, voyez-vous, not' bon monsieur, c'est toute une histoire que l'histoire de not' Christian.

— Comment, une histoire ? Quelle histoire ?

— Eh oui, donc ! Ça a fait assez de bruit jadis !

— Oh, chère madame Rose... racontez-moi donc ça en attendant le dîner ! Ça fera passer le temps... et puis, vous le savez, les voyageurs sont friands de ces bonnes vieilles histoires de village !

Le poulet était flambé ; la mère Rose prit un couteau et se mit en devoir de vider consciencieusement défunt Coco, en attendant le tour de son frère !

Tout en faisant son ouvrage de maîtresse ès-cuisine, l'occasion de tailler une bavette venait trop à propos pour la laisser échapper, et ce fut avec une volubilité extrême qu'elle s'empressa de satisfaire la curiosité de son pensionnaire.

— V'là la chose... telle qu'elle s'est passée, not' monsieur ! Et c'est aussi vrai que nous sommes là tous les deux ! Il y a évu juste vingt ans à la Saint-Joseph dernière, un matin que le père Jean Ducloux sonnait son Angélus, il fut épouvanté par des cris qui venaient du porche de l'église... Il va quérir not' curé, qu'était pas si blanc qu'au jour d'aujourd'hui, et il lui z-y dit que le diable en personne était dans la maison du Bon Dieu !

— Le diable? qu'y fait not' curé... Vous êtes déjà en ribote, mon pauvre Ducloux !

Et dare-dare, il dévale vers l'église !

Le diable, c'était un poupon qui gigotait et piaillait à fendre le cœur.

Not' bon curé Vazeilles ne fait ni une ni deux... il prend le poupon sous son bras et s'en va chez le maire.

En voyant l'abbé avec ce gosse dans ses mains et suivi du sonneur, qui braillait comme un âne, vous pensez si on se mit aux fenêtres d'abord et sur les portes ensuite ! Si bien que, cinq minutes après, toutes les bonnes femmes du pays et les hommes itou se pressaient chez le maire, qui ne savait plus où donner de la tête !

Alors, il se passa quelque chose de drôle...

Malgré les paroles du maire, personne ne voulut se charger ae ce pauvre gosse, qui venait on ne sait d'où, et qui braillait à lui tout seul autant que out le monde à la fois !

— Faut le rapporter sous le porche, ce bâtard, disait l'une...

— Faut l'envoyer au préfet ! dit l'autre...

— Si c'est pas t-honteux ! fit un troisième... déshonorer le village.

— Gardez-le, not' curé ! glapit le suivant.

Bref, personne ne voulut se charger de la frêle créature !

Alors, voyant ça, not' curé, qui avait encore à cette époque la tête près du bonnet, reprend son gosse sous son bras et vous l'emporte !

— Je le garde, dit-il à tout le monde ; si on le réclame, on viendra le chercher à la cure... Bonsoir la compagnie !

Et il fit comme il disait.

— C'était un brave homme que ce prêtre ! fit l'inconnu qui écoutait avec une attention extrême les paroles de l'aubergiste.

— C'est la crème des curés ! Et ma foi, avec l'aide d'Angélique, qu'est pas Angélique du tout, par parenthèses, il éleva son poupard qu'était un gros garçon !

— Et c'est cet enfant qui est maintenant...

— Not' Christian ! Le curé a voulu lui donner ce nom parce que ça rappelle le nom du Christ, quoi ! D'où venait ce gosse, personne ne l'a su et personne ne le sait encore ! Y avait pas de papiers dans son maillot, dont les langes étaient fins comme de la dentelle et qui sentaient les parfums d'eau de ponax, je ne vous dis que ça ! Le linge n'était pas marqué... y avait rien... rien... qu'une toute petite marque bleue sur le gras du bras gauche... même qu'elle y est toujours, à ce que dit Angélique !

— Un signe de reconnaissance, sans doute !

— C'est possible ! Mais, malgré ça, personne

n'est venu le chercher... et le curé Vazeilles l'appelle son fils... et Christian appelle le curé son père. Et il y a déjà vingt ans que ça dure !

Le poulet était vidé et troussé; la mère Rose le serra dans la maie et revint s'asseoir devant l'âtre.

Sa « bavette » lui faisait oublier de tuer le « frère de coco ».

— Et après ? fit l'homme.

— Après, not' bon monsieur? Le curé a fait du poupon le beau jeune homme que vous avez vu... La main sur la conscience, il aurait préféré lui voir porter la soutane, comme lui... Mais, tout gamin, not' Christian passait son temps à barbouiller, à couleurer les images de ses livres, voir même celles de son catéchisme! Puis, après avoir abîmé tous ses cahiers, il s'est mis à charbonner sur tous les murs, à l'église, au presbytère, à l'école, partout quoi! Alors, vous comprenez? Devant cette vocation, not' curé a cru devoir s'incliner et il a donné à son enfant tout ce qui lui était nécessaire pour favoriser sa passion! Puis, quand il a évu quinze ans, le curé l'a emmené à Paris... Là, il a évu des grands artisses, il leurs y a montré les babioles de son fieu et il leur y a demandé leur avis...

Ah. ça pas été long !

— Faites travailler ce jeune homme ! qu'on lui a épondu... il a dans le ventre l'étoffe d'un peintre !

Un an après, le cœur tout encharibotté, not’ curé
conduisit à la ville le pauvre Christian ! Il y a
quatre ans de cela... et aujourd’hui, l’enfant trouvé
sous le porche de l’église de Chènevrey est à la
veille d’être un grand artisse à son tour ! Hein,
elle est drôle, mon histoire ?

— Très touchante surtout, maman Rose ! Et
jamais personne n’est venu réclamer l’enfant ?

— Ah ben ouiche ! Si on l’a perdu, c’était pas
pour venir le chercher !

— C’était peut-être un enfant volé ! Et sa
mère... son père... l’ont peut-être pleuré vai-
nement !

— Volé, perdu ou tombé du firmament, not’
Christian est le fils du curé... et pis v’là tout ! Et
faudrait pas qu’on vienne le lui reprendre son
gosse, à ct’ heure ! Ah non ! Car tout vieux qu’il
est, le curé Vazeilles a encore la poigne solide et
il n’aime pas qu’on lui chauffe trop les oreilles,
vous savez !

— Et il est probable que Christian lui-même...

— Ne quitterait pas son sauveur pour tous les
pères et mères du monde !

— C’est tout naturel, mère Rose !

— D’autant plus qu’ici il trouvera le bonheur !

— Comment cela ?

— Heu... on sait ce qu’on sait, mon cher monsieur ! Et la Rose n'est pas plus aveugle que muette !

— Le bonheur ? Sur quel bonheur peut-il donc compter ?

— Cinq ou six millions... deux beaux yeux et dix-sept printemps !

— Ici... à Chènevrey ?

— Naturellement !

— Ah ça, ma chère dame, vous m'intriguez !... Depuis dix jours que je rôde de tous les côtés, je n'ai pas eu la bonne fortune d'apercevoir dans ce charmant pays, deux yeux bleus, dix-sept printemps et surtout cinq ou six millions chez la même personne !

— Vous êtes pas aveugle, pourtant ?

— Non, que je sache !

— Ni borgne ?

— Encore moins !

— Alors, c'est que vous n'avez pas été du côté d'Hautmont !

— Hautmont ?... Qu'est-ce que Hautmont ! fit l'homme en se levant à demi.

— Bé dame, là... c'te forêt... c'est la forêt d'Hautmont, et au milieu de la forêt, il y a le château !

— Et dans ce château...

— Il y a une belle fille, mon cher monsieur !

— Et ce serait...

— Cette orpheline, la chère mignonne, qui a été l'amie d'enfance de Christian !

— Eh bien, ma chère dame, j'étais loin de me douter que derrière ces arbres et ces massifs impraticables, se trouvaient un château et une aussi riche châtelaine !

— Vous n'avez donc pas été vous promener par là ?

— Jamais ! Il n'y a pas de chemins sous ces bois... les sentiers en sont impraticables !

— Pas pour tout le monde... et not' Christian a su y tracer des trottons à lui tout seul !

— C'est tout naturel ! Et cette châtelaine de dix-sept ans, cette archi-millionnaire se nomme...

— Odette d'Etiolles ! mon cher monsieur, et son pauvre père a été assassiné il y a six semaines !

L'homme se leva brusquement...

Un effroyable pâleur couvrit son visage et un cri étouffé sortit de sa gorge.

— Elle... Lui ! murmura-t-il.... Ah ! malédiction... malédiction !

Et il retomba comme une masse sur sa chaise !

II

LA VILLA DES ROSES

Huit heures venaient de tinter lentement et les derniers rayons d'un soleil mourant jetaient leur pâle lueur sur la Côte-d'Azur.

La « Villa des Roses », perdue au milieu d'un épais bouquet de lianes, de cactus, de palmiers et d'un inextricable fouillis de rosiers grimpants, située à l'extrémité du quartier du Paillon et isolée des villas voisines par une série de massifs compacts et parfumés, était plongée, ce soir-là, dans le silence et un crépuscule naissant commençait à l'envelopper de toutes parts.

Depuis huit jours, pendant la journée et même jusqu'après la tombée de la nuit, la « Villa des Roses » était devenue le but de promenade quotidien de toute la haute société cosmopolite qui avait l'habitude, chaque hiver, de venir respirer l'air pur et embaumé de la côte méditerranéenne...

Lentement, on passait et on repassait devant cette maison aux volets aux trois quarts masqués

par des plantes grimpantes, on jetait un regard
scrutateur sur ces murs silencieux, et on s'éloignait le cœur déçu et l'âme troublée...

Le soir, on espérait que la « Villa des Roses »
serait moins entourée de silence et de mystère...;
on guettait avec plus de ténacité...

Mais, comme pendant la journée, portes et
volets restaient hermétiquement clos, et n'eut été
un léger trait de lumière diffuse qui filtrait faiblement entre les joints d'une fenêtre du premier
étage, on aurait fini par croire que la poétique
villa était encore inhabitée.

Et les étrangers, les Niçois, et surtout les
Niçoises, les belles Niçoises aux yeux d'or et aux
lèvres vermeilles, regagnaient la plage ou les
quartiers neufs ou la Croix de Marbre, espérant
que, le lendemain, ils seraient plus heureux dans
leurs pérégrinations aux alentours de la villa
mystérieuse.

Et le lendemain, le résultat était identique.

La cause de cette puissante curiosité était aisée
à comprendre...

La comtesse Sarah d'Etiolles était de retour à
Nice, et l'horrible tragédie, dont elle avait été, elle
aussi, la victime, avait suscité chez tous les désœu-
vrés de la plage aux Anglais, une véritable passion de « voir » et une fièvre de « savoir ».

Mais leurs efforts restèrent vains ; malgré leurs

stratagèmes, dont quelques-uns poussés à l'excès, la porte de la belle Sarah restait fermée et les fenêtres rigoureusement closes.

Marietta, l'unique servante qui avait accompagné la comtesse à Nice et qui était à son service depuis de nombreuses années, avait été soudoyée par maints anglais flegmatiques ; on lui avait offert des sommes relativement énormes pour pénétrer dans la villa, pour pouvoir contempler, pendant une seconde seulement, l'héroïne du jour, voire apercevoir sa chambre par le trou d'une serrure.

Mais Marietta, comme sa maîtresse, resta inexorable, et nul ne put contempler la belle Sarah.

Les domestiques eux-mêmes, qui apportaient d'un des plus sompteux hôtels de Nice la nourriture de la comtesse, ne franchissaient pas le seuil de la villa ; à travers l'entrebâillement de la porte, ils passaient le panier aux provisions à la servante et se retiraient en remportant le panier vide de la veille.

Et devant cette réclusion volontaire et absolue, les plus hardis furent forcer de capituler... le « pèlerinage » à la villa des Roses fut abandonné. Les fêtes du Carnaval approchaient et firent bientôt oublier le cloître mystérieux...

Ce soir-là, loin de tous les regards et abritée

contre toutes les indiscrétions possibles par les lourds rideaux qui masquaient les portes et les fenêtres de sa chambre, Sarah, seulement revêtue d'un long peignoir de mousseline de soie noire, était étendue sur une chaise longue et, assise par terre, devant elle, Marietta écoutait avec un soin extrême la parole de sa maîtresse.

— Et tu es sûre que, parmi tous ces fanatiques qui se pressent du matin au soir devant ma porte, il n'y a pas un seul visage louche ?

— J'en suis certaine ! D'ailleurs vous-même, grâce à ce judas pratiqué dans la porte d'en bas, vous n'avez reconnu aucune figure suspecte...

— Les policiers sont rusés, ma fille... et souvent sous l'habit d'un grand seigneur se cache un agent de la sûreté !

— Vous êtes donc toujours persuadée, ma chère maîtresse, que l'on vous épie... que l'on vous espionne ?

— Toujours ! Et je trouve cela fort naturel.

— Naturel ?

— J'ai l'expérience de la vie, Marietta !

— Et vous croyez...

— Que l'on agit avec moi comme on agirait avec n'importe quelle criminelle ! Pour la justice, je suis sinon la meurtrière du comte d'Etiolles, du moins la complice de son assassin !

— C'est horrible !

— Horrible, mais juste ! L'assassin de mon époux est introuvable et les magistrats espèrent arriver à lui... par moi !

— Madame est pourtant bien innocente !

— Tu le sais, Marietta, puisque nous étions en plein voyage quand le comte a été assassiné ! Mais ton témoignage est insuffisant, nul même, et pour tous, tu entends, ma fille, pour tous c'est moi qui ai armé le bras de ce misérable ! A Paris, rue de Varennes, lors même de ma descente du train à la gare de Lyon, j'étais déjà entourée d'espions, d'agents, de mouchards... Ici, il doit en être de même ! Or, tu le comprends, il faut, il faut à tout prix que je quitte Nice et que nul au monde ne connaisse cette absence qui durera à peine huit jours ! On m'a vu arriver ici... mais il ne faut pas que l'on m'en voit partir ! C'est aujourd'hui samedi... lundi soir, j'aurai quitté Nice ! Comment ? Je ne le sais encore... mais je dois partir... et je partirai !

Il se fit un silence.

Les yeux fixes, les lèvres crispées, Sarah froissait inconsciemment les bouillonnés délicats de ses longues manches... Marietta, immobile, retenant son souffle, contemplait sa maîtresse.

— Si madame partait pendant la nuit... par un voilier ?

Sarah tressaillit.

— C'est ton idée... c'est aussi la mienne ! Et c'est le seul moyen que je puisse trouver... Le tout est d'avoir un homme sûr... et je ne connais personne à qui me confier !

— Le patron de la barque qui vous conduisait autrefois ?

— Il trouvera cette sortie étrange !

— Qu'importe, s'il se tait !

— Si j'achète son silence, d'autres pourront payer plus cher son secret !

— Qui donc ?

— Ceux qui voudront savoir où il m'aura conduite !

— La police ?

— Qui veux-tu que ce soit ?

— Mais si le patron de la barque ignore à qui il a affaire ?

— Prendre un déguisement ?

— Pourquoi pas ? A Nice, plus qu'ailleurs, surtout en ce moment, les travestis sont communs... Un homme part de nuit à un rendez-vous d'amour... Qu'est-ce que cela peut faire au batelier ? On le paie... ça suffit !

— Et pour rentrer ?

— Au jour et à l'heure de votre retour, il vous attendra où vous voudrez ! Si la course n'est pas longue et si elle est bien payée, le patron de la barque ne pourra refuser une telle aubaine !

— Tu irais trouver cet homme, toi ?

— Pourquoi n'irais-je pas ? Ne vous suis-je pas dévouée corps et âme ? Ordonnez, ma chère maîtresse... ordonnez... et tant qu'une goutte de sang coulera dans mes veines, vos ordres seront exécutés.... Vous le savez, d'ailleurs !

— Oui, Marietta, je le sais... et sans ton dévouement sans borne, je ne serais peut-être pas ici aujourd'hui ! Mais si ce batelier, Beppo, je crois, te reconnaît ?

— Il ne me reconnaîtra pas ! D'ailleurs, si sa mémoire était trop bonne, il y a d'autres patrons de barques sur la plage !

— Agis, en ce cas, Marietta ! Le temps presse... lundi, je dois avoir quitté Nice, il le faut... tu entends ? Il le faut !

Et la belle Sarah, se levant brusquement, se mit à parcourir à grands pas sa chambre, discrètement éclairée par la lueur timide de deux bougies roses...

— Où Beppo devra-t-il vous conduire ? fit Marietta au bout de quelques instants.

— A Savone !

— Dans le golfe de Gênes ?

— Oui...

— C'est l'affaire de quelques heures à peine...

— Il faut trois heures avec un bon vent et une barque légère !

— Quel prix faut-il offrir au batelier ?

— Que m'importe ! Tu lui donneras la somme qu'il fixera !

— Et au retour ?

— Pareille somme...

— Vous partirez seule, maîtresse ?

— Oui... pourquoi me demandes-tu cela ?

— Je croyais partir avec vous...

— C'est impossible, Marietta... ta présence ici est indispensable ! Si tu partais avec moi, qui recevrait les domestiques qui apportent les provitions ? Ton absence suffirait à laisser soupçonner mon départ et montrerait ce que je veux cacher ! Donc, il faut que tu restes et qu'au besoin tu puisses affirmer que je suis ici...

— Il sera fait comme vous le désirez, ma bonne maîtresse... La nuit est sombre... je vais descendre jusqu'à la plage et chercher Beppo.

— Prends de l'or, Marietta... tu donneras la moitié du prix d'avance, et dis à ce batelier qu'à mon retour je lui verserai une grosse gratification ! De plus, achète un travesti chez un costumier.

— Un travesti ? Dans quel genre...

— Un vêtement d'homme de cour.... un manteau, avec un feutre à larges bords ! Va, ma fille...

va... et que personne ne surprenne ta sortie...
ni tes démarches !

— Soyez sans crainte... et puis la nuit est
sombre, ce soir !

Marietta se leva et sortit de la chambre de
Sarah.

Pendant longtemps, par le judas de la porte
d'entrée, elle fixa son regard sur la route, scrutant
de son œil perçant les massifs de verdure qui entou-
raient la villa des Roses, essayant de surprendre
à travers ces taillis de fleurs et de feuilles épaisses
les ombres dont les vagues silhouettes se perdaient
dans l'obscurité...

Les alentours de la villa étaient silencieux, la
route du Paillon était déserte et nul passant attardé
ne troublait du bruit de ses pas cette calme et
poétique solitude...

Quelques minutes après, la tête recouverte
d'une lourde mantille, Marietta sortait furtivement
de la villa et la porte se refermait sans bruit derrière elle...

Rapide et alerte, elle descendait vers le centre de
Nice et gagnait, à travers des ruelles délaissées, la
plage complètement déserte.

Quelques minutes après, elle s'arrêtait devant la
maison de Beppo le batelier, maison isolée et
située à plus de trois cent mètres de l'extrémité de
la promenade des Anglais.

Et elle frappa doucement à la porte.

Restée seule, Sarah vint s'étendre sur sa chaise longue et. le regard perdu dans le vide, elle laissa errer sa pensée...

De temps à autre, des crispations subites venaient contracter ses lèvres... des battements précipités agitaient les ailes de son nez et des spasmes profonds secouaient sa poitrine...

— Non! murmura-t-elle faiblement! non... je ne puis m'arrêter. Et avant de disparaître, de disparaître pour toujours, je veux assurer son avenir ! Cette fortune, ce n'est pas pour moi que j'y tiens... c'est pour lui... pour lui seul ! Là-bas, riche comme je le suis, je passerai la tête haute... mes millions m'ont refait une virginité sacrée et tous, tous courberont l'échine devant moi, devant mon or ! Partout, si je le voulais, je serais reine... comme je l'ai été dans ce Paris que je hais... Mais de cette royauté, je n'ai que faire... et je n'envie plus cette lourde couronne ! Perdue au fond des bois qui ont été les témoins muets de mes larmes et de ma misère, vivant avec ma seule pensée et ressassant sans cesse les tristes souvenirs d'antan, j'attendrai les événements dont j'aurai fait germer la semence ! Ah oui ! Ma vengeance sera terrible... insensée... incompréhensible... mais j'avais juré... et j'ai tenu mon serment ! Dans huit jours, cet or,.. tout cet or que j'ai amassé, sera en ma posses-

sion... et là-bas, je n'aurai plus rien à craindre !
Libre alors, je pourrai penser à lui... lui, qui pro-
fitera de mon trésor, sans en connaître jamais
l'origine ! Lui... lui...

Et les reflets d'une vision céleste apparurent sur
le visage de Sarah...

Transfigurée, les traits empreints d'une beauté
irréelle, les yeux plongés dans l'immensité d'un
au-delà infini, elle resta là, immobile, figée dans
une extase sans fin...

Et brusquement, son beau front de marbre se
plissa.

Un éclair cruel brilla dans son regard, et c'est
d'une voix vibrante et haineuse qu'elle s'écria :

— Il faut qu'elle disparaisse... et elle dispa-
raîtra ! Allons, Sarah, pas de pitié... pas de
grâces... Enfant, tu n'as connu ni grâce...

Elle s'arrêta...

Un bruit de pas précipités, bien qu'amortis par
les épais tapis qui recouvraient les marches de
l'escalier et le parquet du corridor venait de frapper
ses oreilles et se répercutait dans cet hôtel discret
et silencieux.

— Marietta ? fit-elle en se redressant... Marietta
serait déjà de retour ? Que signifie...

Et d'un bond, elle se précipita vers la porte de sa
chambre.

Sur le seuil, elle s'arrêta... Un cri rauque sor-

tit de sa gorge et ses doigts s'agrippèrent contre
les tentures.

Là, devant elle, un homme se tenait debout, immobile, railleur...

Cet homme était le baron Frédéric de Lignolles !

— Je te fais donc peur, ma chère Sarah ? dit-il
d'un air sarcastique... Ah certes, tu étais loin de
penser à moi, n'est-ce pas ?

Et soutenant la comtesse entre ses bras, il l'en-
traîna lentement vers le milieu de la chambre.

Blême et affolée, Sarah ne put prononcer un
seul mot. Son sein se soulevait avec violence et,
inerte, elle se laissa conduire sur le sopha sans
résister et sans répondre.

— Allons, ma belle comtesse ! reprit de Lignolles
en prenant place à ses cotés ; pourquoi donc ma
présence te produit-elle un effet aussi tragique ?
Comment ! Depuis un mois, je n'ai pas eu le
bonheur de voir tes beaux yeux, et à la place de
ton sourire, c'est l'effroi que je trouve sur tes lèvres ?
M'aurais-tu donc oublié, chère Sarah ?

La comtesse essaya de se dégager de l'étreinte
de son amant.

Mais de Lignolles tenait sa poitrine étroitement
serrée contre la sienne, et ses efforts demeurèrent
inutiles.

— Comment es-tu entré ici ? finit-elle par dire
d'une voix haletante.

— Mais... par la porte, tout simplement !
Allais-tu croire à une escalade de ma part ?

— La porte était fermée !

— Erreur, ma toute belle ! La porte était seulement tirée... et connaissant les lieux comme je les connais, je n'ai eu qu'à la pousser et qu'à monter ici tout droit où le son de ta voix me conduisait sûrement !

— Marietta... as-tu vu Marietta ?

— Où cela ? N'est-elle pas ici ?

Sarah regarda fixement de Lignolles.

— Non ! reprit-elle après un moment de silence ; elle vient de sortir et je croyais qu'elle avait fermé la porte... sans cela...

— Tu aurais été la fermer ? Précaution fort inutile, tu le vois, et qui t'aurait obligée de descendre pour m'ouvrir !

— Tu savais donc que j'étais à Nice ?

— Si telle n'avait été ma croyance, sois persuadée que je ne serais pas ici en ce moment !

— Qui t'a dit...

— Personne... et tout le monde ! Paris sait que la veuve éplorée du comte d'Etiolles ne pouvant vivre rue de Varennes, où de si tragiques événements s'étaient passés, est venue vivre en recluse dans sa villa favorite... Une femme comme toi, Sarah, ne fait pas un pas sans que le monde le sache ! Malgré les noirs vêtements qui recouvrent ton corps de déesse, tu es toujours la belle Sarah, et comme Paris n'oublie pas ses reines, comme les salons n'oublient et ne veulent pas oublier leurs idoles, nul ne peut se désintéresser de ton lieu de retraite ! Et voilà comment, belle comtesse, j'ai su que la Côte-d'Azur avait l'ineffable bonheur de te posséder, et voici comment il se fait que je suis à tes pieds ! Et au lieu des sourires et des grâces, c'est la peur et l'effroi qui m'ouvrent les portes de ton sanctuaire !

Et de Lignolles, prenant une des mains de Sarah, y déposa un long et langoureux baiser...

Pendant quelques secondes, la comtesse regarda Frédéric...

— Que vient faire ici cet homme? pensait-elle... Vient-il en ami, vient-il en ennemi ? Si je me servais de lui pour me venger sur cette fille... Si, entre mes mains, il devenait l'instrument dont...

— Décidément, vous m'en voulez, Sarah ?

— Moi ? En quoi et pourquoi, mon ami ? Le trouble physique que vous prenez pour de l'effroi n'est simplement que de la surprise, et il est naturel qu'avec la tension d'esprit où je me trouve, une apparition aussi soudaine que la vôtre produise sur mon être un choc violent !

— Je vous ai fait peur, chère Sarah?

— Pouvez-vous en douter ? Seule dans cette maison isolée, où vous apparaissez comme un fantôme, il est aisé à comprendre que mes nerfs s'accomodent mal d'une telle brusquerie !

— Alors, Sarah, veuillez me pardonner et acceptez mes humbles excuses !

— Vous êtes tout excusé, Fred... et voici mon pardon !

Et Sarah, presque souriante, tendit sa main aux lèvres de De Lignolles.

— Vous êtes la plus adorable des comtesses, ma chère Sarah..... et je suis ravi de vous avoir occasionné un tel effroi, puisqu'il me procure un tel pardon ! Maintenant, parlons de choses... sérieuses ! Pourquoi avez-vous quitté aussi brusquement la rue de Varennes?

— Je ne pouvais plus y vivre, Fred ! Renfermée nuit et jour dans cet appartement, qui me rappelait sans cesse ce drame épouvantable, j'y serais morte !

— Mais ce départ... cette fuite, devrais-je dire, n'avez-vous pas craint qu'il soit interprété...

— C'est le juge d'instruction lui-même qui, en voyant ma douleur et mon état, m'a conseillé de venir ici passer les premiers mois de mon veuvage... je n'ai fait qu'obéir à un magistrat !

— Et... Odette ?

— Est rentrée à Hautmont quelques jours après l'enterrement de son père.

— Pourquoi n'avez-vous pas été la rejoindre ?

— L'air froid de la forêt ne me convient pas, vous le savez, mon ami... et Odette ne voulait plus rester rue de Varennes ! Et, que dit-on à Paris ? Ici, je vis en recluse..... j'ignore même ce qui se passe autour de moi....

— A Paris, ma chère Sarah, la fin tragique du comte est oubliée. On parle d'autre chose !

— Et les dossiers... les papiers volés...

— En haut lieu, ou a fait immédiatement le silence à leur sujet... Comme la divulgation de ces fuites aurait provoqué dans le monde politique et ailleurs des discussions fâcheuses, on s'est empressé de démentir les bruits qui commençaient à courir !...

— Ainsi...

— Le ministre, qui tient à son portefeuille, a fait recopier immédiatement et très secrètement les pièces disparues... on les a remises en place, avec de la poussière par-dessus, et tout a été dit !

— Et... Hans ?

— Hans, que j'ai vu en te quittant le jour où tu retournais à Paris, est au septième ciel ! Il m'a fait les éloges les plus pompeux à ton sujet et, naturellement, il t'attend avec une bouillante impatience.

— A Berlin ?

— Comme de juste !

— Il m'est impossible d'y aller... en ce moment surtout ! Et vous, Fred... que faites-vous ?

— Heu... je voyage, ma toute belle ! Mon hôtel de l'avenue des Champs-Elysées a passé entre les mains d'un autre propriétaire, mes bibelots, grands et petits, ont été dispersés au vent des enchères, j'ai empoché, par l'intermédiaire de mon homme d'affaires, une somme assez rondelette et, ma foi, comme je trouve que j'ai assez travaillé, je me repose... jusqu'au jour où je reprendrai l'uniforme de uhlan !

— Ainsi, la guerre...

— Eclatera avant six mois ! Tout est prêt... archi prêt, et Sa Gracieuse Majesté n'attend plus qu'une occasion fortuite pour mettre le feu aux poudres ! Dans six mois, la France sera à feu et à sang... nos valeureux soldats fouleront cette terre maudite, nos armes auront raison de ces paltoquets de Français... et, ma chère Sarah, nous y serons pour quelque chose dans l'écrasement de ce bon Paris, n'est-ce pas ?

— Nous avons fait notre devoir, Fred... et nos cœurs doivent être fiers d'avoir contribué à la victoire de notre race ! Nous aurons été à l'honneur...

— Et à la peine ! Car, depuis cinq ans bientôt, si nous avons cueilli des roses, il se trouvait quelques épines autour !

— Ainsi, au mois d'août prochain...

— La guerre aura éclaté... et bien étonnés

seront ceux qui reconnaîtront dans le brillant et
fringant officier de ulhan l'ex-baron Frédéric de
Lignolles ! Quant à vous, Sarah, je ne vous con-
seille pas d'aller à cette époque à Hautmont... ni
rue de Varennes !

— Pour quels motifs :

— Le séjour de la campagne sera plus que
malsain en août-septembre... et Paris n'offrira
sans doute pas à vos douces habitudes une existence assez agréable !

— Oh... Paris !... Paris, en quoi serait-il
dangereux pour moi ?

— Ça, ma belle Sarah, c'est un secret... même
pour vous, car il ne m'est pas permis de le divul-
guer !

— Même à moi ?

— Même à vous ! Seulement, je puis vous le
dire en ami... intime, ne restez pas à Paris !

— Pourquoi, encore une fois ?

— Parce que, après la guerre allemande, la
guerre civile achèvera de réduire en cendres cette
ville orgueilleuse que les Français nomment avec
tant d'emphase la Ville Lumière et la capitale du
monde ! Vous êtes riche, Sarah... immensément
riche, sachez jouir de votre fortune aux bords
de la Sprée ! Aux premiers bruits discordants,
rentrez dans notre vieille patrie, regagnez Berlin,
c'est là où vous serez encore le mieux, et là,

tranquille, vous lirez dans nos gazettes les récits des désastres dont nous auront été les machiavéliques auteurs ! A la cour de notre bonne Augusta, vous serez reine aussi, Sarah... votre beauté, vos services rendus à la Prusse, vos millions, vous donnent droit à ce diadième tant envié, et, plus tard, si une balle ne me couche pas sur cette térre de France, j'aime à croire que nos liens actuels se transformeront en chaîne... Vous comprenez, Sarah ?

La comtesse d'Etiolles tressaillit et une légère rougeur empourpra son visage...

— Vous parlez sérieusement, Fred ? dit-elle lentement.

— Je parle toujours sérieusement, Sarah... vous le savez !

Sarah fixa ses yeux sur ceux du baron..

— Vous ne me répondez pas, Sarah ?

— Vous oubliez, Frédéric, que j'ai trente-neuf ans !

— On n'a que l'âge du cœur, ma belle aimée... et sous ce rapport, vous n'avez même pas vingt ans !

Et de Lignolles déposa un nouveau baiser sur les doigts fins et délicats de la comtesse.

— Ecoutez, Fred, dit-elle après un moment de silence... d'aussi graves résolutions ne peuvent être prises sans réfléchir longuement ! A nos âges, quoique vous puissiez dire ou penser, et surtout dans notre situation, il serait puéril de se laisser aller à une folie qui, peut-être, aurait de terribles lendemains... Vous m'aimez sincèrement... je le sais... et maintes fois, j'ai eu la preuve de cet amour loyal et profond! Depuis dix ans, vous connaissez mon âme, et je n'ai pas besoin de vous dire, car vous le savez aussi, que j'ai pour vous une affection au moins égale à la vôtre...

— Oui, ma belle Sarah... je sais la place que j'occupe dans ton cœur !

— Donc, ne brusquons rien... l'un et l'autre nous pourrions peut-être nous repentir de cet emballement, qui ne convient plus à deux êtres s'appartenant depuis si longtemps déjà ! Aujourd'hui, plus qu'hier encore, j'ai besoin de veiller sur moi... ici, je vis et je veux vivre en véritable recluse, je veux que le monde m'oublie et que mon deuil se passe dans le silence et le recueillement les plus complets ! Plus tard, Fred, quand je serai libre, entièrement libre, nous reparlerons de ces projets... Ma réponse, vous la connaissez, ami... elle sera telle que vous la souhaitez ! D'ici là, ne venez pas troubler ma solitude... Aux yeux de tous, restons étrangers, cachons aux regards des profanes les liens qui nous unissent, et sans craindre les calomnies ou les propos des envieux, nous attendrons l'heure... l'heure du bonheur !

Et Sarah se leva après avoir déposé un baiser ardent sur le front de son amant.

— Attendre... tu veux attendre, Sarah ?

— Puis-je faire autrement ? Dans un an, et un an est vite passé, nous serons libres, Frédéric, et nous pourrons jouir ilbrement de notre liberté ! Donc, attendons avec confiance le terme de notre délivrance !

— Ainsi, tu me promets...

— Je te le jure, ami ! Et, dans un an, alors que notre patrie, fière et victorieuse, n'aura plus besoin de nous, je serai prête à mettre dans ta main ces doigts sur lesquels tu as tant de fois déposé tes ardents baisers, D'ici là, va où ton devoir t'appelle... Dès que le ciel se chargera d'orage, je retournerai là-bas... et c'est dans la mère-patrie que je t'attendrai pour te donner ta double récompense.

— Mais d'ici là... avant que la guerre n'éclate... je veux te revoir, Sarah... je veux te dire encore mon amour...

— Pourquoi risquer, par des imprudences, de troubler notre bonheur ? Non, Frédéric... non ! Soyons énergiques et n'agissons pas comme des enfants... Quittons-nous, et...

— Et si j'ai besoin de te voir ? Si une impérieuse nécessité me force du jour au lendemain à...

— Je resterai à Nice jusqu'au moment de la déclaration de la guerre... mais tant que je serai en France, je ne veux pas que tu cherches à me voir... En entrant ici cette nuit, tu as eu tort et mon effroi à dû te faire comprendre combien était profonde la crainte que m'inspirait ta témérité...

— Mais, ma chère Sarah, il n'y avait aucun danger à redouter ! Dans cette villa isolée...

— Je suis espionnée, c'est certain... et, encore une fois, tu as eu tort, Fred, de venir m'y trouver, surtout pendant la nuit ! Maintenant, pars... évite de rencontrer des regards suspects et c'est là-bas, à Berlin seulement, que nous devons nous revoir !

— Encore une heure, Sarah...

— Non, pas une minute de plus ! Marietta va rentrer et je ne veux pas qu'elle te trouve ici !

— Tu es cruelle, Sarah...

— Je suis prudente, ami ! Et si pendant dix ans, nous avons caché aux yeux de tous notre amour, ce n'est pas pour le compromettre follement dans un instant d'oubli ! Séparons-nous, Fritz... et bientôt nous serons unis... pour toujours !

Pendant quelques instants encore de Lignolles essaya de fléchir la volonté de la comtesse...

Mais Sarah resta inflexible; ses résolutions étaient inébranlables et elle exigea le départ de Fritz.

Après un serment sincère et un long baiser, les deux amants se séparèrent.

Sarah, dont le cœur battait violemment, reconduisit de Lignolles jusqu'au rez-de-chaussée, et après une muette étreinte, elle referma la porte sur celui dont l'amour était si pressant.

Elle poussa les deux verroux, et là, immobile, la gorge serrée, elle attendit le retour de Marietta.

Pendant longtemps, elle ressassa dans son esprit les paroles de De Lignolles, et, à plusieurs reprises, ses doigts se crispèrent sur le grillage de fer qui garnissait les vitraux de la porte...

— Cet homme, murmura-t-elle brusquement, est un fourbe ! Et sa présence ici, à ce moment, est inexplicable... Lui... vivre avec moi, là-bas, à Ansbach, à Berlin où ailleurs... c'est impossible ! Et sous ces désirs se cachent sûrement des projets que je ne comprends pas... dont je ne puis saisir la portée véritable... ma fortune? Il n'a pas besoin de mon or.,. il en a plus qu'il ne lui en faut... les services qu'il a rendus ont été payés largement... aussi largement qu'à moi-même... et demain, il trouvera encore d'autres trésors, d'autres places, d'autres honneurs, qui lui seront offerts en récompense des nouveaux services qu'il va rendre ! Mon amour? Que lui importe cette femme qu'il connaît depuis dix ans? A mon âge, on ne peut plus inspirer d'affection véritable et sincère.... Alors, que

veut-il? Quel but poursuit-il? Quelle pensée secrète le conduit ici? Cet homme, mon complice
depuis dix ans, que prépare-t-il donc contre
moi?...

Sarah se tut.

Mais sa pensée errait toujours !

Et brusquement, elle poussa un cri...

— Folle... folle que j'étais ! C'est elle... c'est
elle seule qu'il convoite... sa beauté, sa jeunesse,
sa fortune... Et pour endormir mes soupçons, il
est venu me parler d'amour ! Ah, Fritz... tu t'es
trahi sans le vouloir et tes plans astucieux étaient
trop bien tirés ! C'est Odette d'Etiolles que tu
veux? Prends-là... je te la donne... et tu seras
son bourreau ! Sa mort m'importe peu... mais
c'est son cœur que je veux broyer... c'est son âme
que je veux meurtrir petit à petit, et c'est toi, Frédéric de Lignolles, c'est toi Fritz Rosen, qui feras
ma besogne ! Va.... elle est à toi... et je me
venge !

Et un éclair de joie féroce brilla dans son regard, tandis que ses doigts se crispaient plus profondément sur les barreaux de fer...

Un bruit de pas précipités et légers se fit entendre, et derrière les vitraux de la porte, apparut
la silhouette de Marietta.

Sarah, le front baigné de sueur et la poitrine
oppressée, tira les verrous.

Marietta entra.

— Je t'attendais avec impatience, ma fille, et tu le vois, je guettais ton retour ! Eh bien... ce Beppo ?

Les deux femmes regagnèrent la chambre de Sarah...

— Que vous est-il donc arrivé, ma bonne maîtresse ! s'écria Marietta en voyant les traits défaits de la comtesse.

— Rien, mon enfant... rien !

— Mais vous êtes blanche comme un suaire ?

— Je trouvais ton absence prolongée et, je te l'avoue sans honte, seule ici, j'avais peur ! Eh bien... ce batelier ?

— J'ai été obligée d'attendre Beppo pendant quelque temps ; il rentrait du large et sa femme ne pouvait me donner de renseignements.

— Enfin, tu l'as vu... il accepte ?

— Après demain soir, à partir de onze heures, il vous attendra au môle de l'Espérance, à deux cents mètres de la plage.

— C'est bien... j'y serai !

— Et il a demandé cinq cents francs...

— Qu'importe ?

— Et vous lui donnerez pareille somme à son retour...

— Encore une fois, la somme importe peu... Que je puisse quitter Nice et y rentrer ensuite sans que

mon absence soit connue, c'est tout ce que je veux !
Et... le costume ?

— Le voici.

Et Marietta sortit, d'un grand paquet qu'elle
avait déposé aux pieds du sopha, un élégant costume d'abbé de cour, avec perruque à queue pou-
drée à frimas, un long manteau noir et un chapeau à trois cornes.

— Voici, maîtresse.... il vous ira comme un
gant ! s'écria joyeusement Marietta ; j'ai essayé le
pourpoint... il me va à ravir ! Je devais le rapporter dans dix jours.... mais j'ai préféré en payer
immédiatement la valeur et le garder.

— C'est bien... Demain, tu me l'essayeras, et,
après-demain, à minuit, je serai au môle de l'Espérance !

— Et que Dieu vous accompagne, ma chère
maîtresse.... ici, j'attendrai votre retour et nul
ne pourra se douter un seul instant [ni de votre
départ ni de votre absence.

— Ce soir, en sortant, tu n'as remarqué rien de
suspect ?

— Absolument rien ! Aux alentours de l'hôtel,
il fait nuit sombre...

— Et en bas...

— A Nice ? Qui donc aurait fait attention à
moi ?

— Et... en rentrant ?

— Je n'ai rencontré âme qui vive ! La plage est déserte, la promenade des Anglais est peu animée et soyez certaine que pas un regard ne s'est tourné vers moi ! Le costumier, à cette heure avancée, était seul dans sa boutique et la route du Paillon, qui passe devant notre villa, est plongée dans l'ombre et le silence... Pensez donc, ma bonne maîtresse, il est minuit passé !

Sarah prit la main de sa servante favorite et la serra avec tendresse.

— Merci, Marietta... Plus tard, je te récompenserai... car j'ai encore besoin de toi, et cette fois, ce sera pour te demander un service plus grand encore !

— Un service ? Eh, grands dieux.... ne suis-je pas votre esclave ? Et tous les services dont vous pourriez avoir besoin ne sont-ils pas pour moi des ordres à accomplir avec joie ?

— A mon retour de... Savone, je te dirai ce que j'attends de toi, Marietta... car, toi seule, tu peux remplir cette mission de confiance ! Aide-moi à me déshabiller, ma fille, je suis lassée et je serais si heureuse de pouvoir dormir !

Un quart d'heure après, Sarah était étendue sur son lit drapé de lourdes tentures.

Mais ses yeux restaient grands ouverts... et son esprit était loin de là, perdu dans de sombres et cruelles pensées...

A peine déshabillée, couchée sur la chaise longue, Marietta dormait profondément...

Il était deux heures du matin, et les deux recluses de la villa des Roses étaient sans doute plongées dans le sommeil quand, du milieu des massifs des fusains aux grêles feuillages et des rhododendrons épais, un bruit imperceptible se fit entendre...

Les feuilles s'écartèrent lentement et, à travers les branches, deux têtes ébouriffées apparurent.

— Je crois qu'il n'y a plus rien à faire ici ! dit une voix.

— Ça, c'est mon opinion ! répondit faiblement une seconde voix.

— Et puis on ne peut, après tout, moisir ici !

— C'est mon opinion ! Mais, si on attendait le patron ?

— Et s'il ne revient pas ?

— Peuh... on peut toujours attendre jusqu'au jour ! C'est du moins mon légitime avis !

— Et si l'on nous pince ?

— Y a pas mèche !

— Heu.... savoir ! Dans deux ou trois heures, l'aurore aux doigts de roses montrera son frais minois et, y a pas, faudra décamper dare-dare, sans être vus surtout !

— Bast ! Attendons encore une heure... le chef sera peut-être de retour !

— Soit... attendons ! Si j'avais seulement José-
phine...

— Et moi donc !

— T'as pas une chique ?

— Ah, mon vieux lascar.... si j'en avais une,
y a longtemps que je me gargariserais le kiki
avec.

— Ouvre l'œil, alors... moi je pionce !

— Pionce... c'est mon opinion... et je la partage ! Dans une demie-heure, je te réveille... et
pendant que tu feras la faction, j'en piquerai un !

Un bruit de feuilles froissées se fit à nouveau
entendre, et les deux têtes disparurent dans le
massif

Hélas, le sommeil de ces deux hommes fut de
courte durée, de très courte durée même, car, au
bout de cinq minutes à peine, un lugubre cri de
chouette vint troubler brutalement le silence de la
nuit.

A la fois, les deux hommes tressaillirent.

— Hé, Mirgodin... v'là le chef !

— J'ai bien entendu, Baculard.... je ne suis
pas sourd !

— On nous relève de faction !

— Vive les pommes de terre frites, alors...

— Et au large !

— C'est mon opinion....

Un instant après, les deux hommes sortaient

du massif de rhododendrons et, se glissant à travers les hauts cactus et les palmiers nains, s'éloignaient sans bruit de la villa des Roses.

A trente mètres de là, ils s'arrêtèrent.

Mordacq était devant eux...

— Ah, chef, vous voilà donc enfin... c'est pas dommage ! fit Mirgodin.

— C'est également mon opinion ! ajouta Baculard.

— Qu'y a-t-il donc ? fit l'inspecteur de la police.

— Du nouveau !

— Du nouveau ? Que s'est-il donc passé depuis mon départ ?

— Voilà, patron, voilà ! Seulement filons un peu plus loin... nous causerons plus à l'aise !

Dix minutes après, les trois policiers étaient assis sur un banc, dans une allée déserte du jardin du casino.

— Maintenant que l'on ne peut nous entendre, qu'y a-t-il. Baculard ? fit l'inspecteur Mordacq.

— Voilà, chef ! Comme d'habitude, nous avions pris faction devant la villa occupée par cette chère comtesse ; il était près de neuf heures... et ma foi, comme les autres soirs, nous pensions faire encore chou blanc, quand tout doucettement la porte s'ouvrit... La nuit était profonde et tout le quartier était plongé dans le silence... Y avait fête au casino... alors toute la haute volée s'y trouvait et les maisons étaient vides, naturellement.

Une femme apparut sur le seuil de la porte et, d'un pas rapide, elle se dirigea vers notre cachette, la tête emmitouflée dans une mantille...

Malheureusement, je n'ai pu distinguer son visage, mais, à sa silhouette seule, il nous fut aisé de reconnaître la suivante de la comtesse.

Je la laisse passer... et, deux minutes après, je nageais dans ses eaux, laissant à mon collègue Mirgodin le soin de surveiller la boîte.

Tout d'abord, je crus à un rendez-vous d'amour... c'était mon opinion et je la partageais... à son âge, la chose est permise... et *in petto* j'enviais le sort de l'heureux quidam qu'elle allait rejoindre !

Mais quand j'ai vu que la donzelle traversait la ville sans faire mine de s'y arrêter, qu'elle dépassait les promenades extérieures sans y faire attention et qu'elle se dirigeait vers la plage, toujours en trottinant menu, mes idées cupidonesques firent volte-face et une faible lueur illumina mon esprit !

Fectivement !

D'amour, il n'y avait pas l'ombre.... et cette nocturne sortie avait un but beaucoup plus prosaïque...

Arrivée devant une cambuse de batelier, après quelques hésitations, la donzelle s'arrêta... puis elle frappa à la porte... Comme de juste, on ouvrit, et elle disparaît dans l'immeuble.

Je n'avais pas mille plans à tirer... je n'en avais qu'un... c'était d'ailleurs mon opinion !

J'attends la sortie de la belle fille... et ma foi j'attendis longtemps !

J'étais là, blotti dans une barque tirée sur la grève, quand un homme entra à son tour.

Je fis le mort... la donzelle était entrée, elle finirait bien par sortir ! C'était mon opinion.

Fectivement... elle sortit !

Pendant la conversation, j'avais rôdé autour de la cambuse... Le batelier s'appelle Beppo et loue des barques à l'heure, à la journée ou au mois, à la volonté des clients... et j'en étais à me demander quel pouvait bien être le motif de cette visite bizarre, quand la porte s'ouvrit !

C'était une jolie donzelle qui partait.

— Seule ? interrompet Mordacq.

— Seule, patron... toute seule ! Sur le pas de la porte, l'homme saluait jusqu'à terre et se confondait en remerciements... A lundi ! A lundi ! qu'il répétait... je serai prêt ! Comptez sur mon exactitude,...

Mais la belle suivante, de plus en plus emmitouflée, marchait et filait sans répondre...

Turellement, je lui emboîtais le pas... à distance ; et je pensais qu'elle rentrait tout de go à la villa des Roses, quand subito, elle prit le chemin du casino et s'arrêta devant un magasin de costumes de carnaval !

Nous sommes en Carnaval, chef... vous le savez sans doute, et déjà à cette heure où je vous parle, la moitié des fêtards de Nice dansent chez l'autre, moi... c'est mon opinion ! Donc, il n'y avait rien d'étonnant à voir cette belle jeunesse entrer dans cette boutique de marchand d'habits de mascarade... Elle voulait se déguiser, quoi !

Fectivement ! Et un quart d'heure après, elle sortait de cette boutique à masques avec un grand paquet sous le bras...

Turellement, j'y remboîte le pas et l'un précédant l'autre, ou l'autre suivant l'un, si vous préférez, nous rentrons à la villa illico.

Quand je dis « nous rentrons », c'est manière de parler... c'est la donzelle qui rentra en dedans et moi au dehors ! Vous n'étiez plus là, chef..., et je racontai à Mirgodin ce qui venait de se passer.

Pendant un quart d'heure, Mordacq resta songeur...

— Ainsi, dit-il brusquement, là-bas, sur la plage, ce batelier a dit à plusieurs reprises « à lundi » ?

— Oui, chef.

— Tu est sûr ?

— Turellement... sûr comme de la piquette !

— Bien... ça va bien ! Et depuis ton retour ?

— Toute la villa a été aussi calme que mon cœur, patron !

— Et pendant l'absence de Baculard, tu n'as rien remarqué de louche, Mirgodin ?

— Non, chef... seulement...

— Seulement quoi ?

— Il m'a semblé qu'une ombre a passé devant la porte de la villa.

— Une ombre... quelle ombre ?

— J'en sais rien... c'était sans doute un nuage, car j'ai eu beau regarder, je n'ai rien vu...

— Bon ! Rentrons, mes enfants... nous n'avons plus rien à faire ici !

— Vrai ? La faction est terminée ?

— Ici, oui... mais elle reprendra ailleurs !

— Turellement,.. c'est du moins mon opinion ! Et, de ce pas, nous allons, chef, nous coucher peut-être ?

— Comme tu le dis, Baculard ! Seulement, avant de nous mettre au lit, nous allons rendre une petite visite à Beppo ! Venez...

— Si j'avais ma bouffarde ! fit tristement Baculard en suivant son chef.

— Et moi ma chique ! ajouta Mirgodin avec un profond soupir.

Mais, hélas, ni l'un ni l'autre n'étaient en possession de l'objet tant convoité...

Une demi-heure après, les trois hommes s'arrêaient devant la « cambuse » de Beppo, le batelier, et frappaient discrètement à la porte.

Il était près de quatre heures, et Nice était complétement endormie.

Le centre de la ville, si joyeux et si animé quelques heures auparavant, était morne et silencieux ; un long voile de ténèbres l'enveloppait de toutes parts, et un souffle frais et parfumé remplaçait la tiédeur des premières heures de la nuit...

La « Promenade des Anglais » était déserte, et seul le doux clapotis de la mer, dont les ondulations minuscules venaient battre la plage, bruissait sourdement en des murmures poétiques.

Mordacq fit signe à ses deux policiers qui vinrent se ranger derrière la barque échouée sur la grève et qui avait déjà donné asile à Baculard, et seul devant la porte, il attendit.

— Qui va là ? fit une voix.

— Beppo, j'ai à vous parler.

— Pour aller en mer ?

— Bien entendu !

— Qui êtes-vous ?

— Ouvrez, Beppo... ouvrez... vous le saurez !

Une seconde après, la porte s'ouvrait et Beppo apparaissait sur le seuil, pieds nus, un large pantalon de toile aux jambes et le torse presque nu.

— Entrez, monsieur ! dit-il, j'allume un quinquet et je suis à vous.

Mordacq entra.

Beppo alluma son quinquet, et aux yeux de l'inspecteur de la sûreté apparut une véritbale « cambuse » de matelot.

Çà et là, accrochés aux murs ou roulés à terre, des voiles, des avirons, des écopes et une multitude d'objets en usage chez les bateliers remplissaient la chambre ; dans un coin, un lit ou plutôt une sorte de grabat à moitié défait, occupait l'espace libre, et devant la cheminée, deux troncs d'arbres, hauts de deux pieds, faisaient l'office de chaises.

— Excusez-moi de vous déranger à une heure aussi indue ! fit Mordacq en jetant un long regard sur ce taudis.

— Vous êtes tout excusé, monsieur ! répondit Beppo. Ici, je suis habitué à ces brusques réveils, et c'est pour cela d'ailleurs que j'y passe les nuits, au lieu d'aller coucher dans la maison que j'habite avec ma femme... mais qu'y a-t-il pour votre service ?

— Pouvez-vous me conduire en mer lundi soir?

— Tant que vous voudrez !

— Vous avez une barque à ma disposition ?

— Deux même si vous voulez ! J'ai vingt voiliers, sans parler des barques, et lundi soir je n'en ai qu'une qu'y sort... donc, à votre aise.

— Vous sortez également lundi ?

— Comme tous les jours et tous les soirs, cher monsieur... c'est mon métier !

Mordacq fixa son regard scrutateur sur cet homme dont les loques sordides l'étonnaient et dont les paroles et les manières distinguées semblaient étranges dans ce taudis.

Et, pendant un instant, il hésita...

Puis, brusquement, il s'assit sur un des troncs d'arbre et fit signe au batelier de s'asseoir également.

— Beppo... dit-il, où allez-vous lundi soir ?

— Pardon, monsieur... je n'ai de compte à rendre à personne !

— Je le sais... mais j'ai besoin de connaître le nom de la personne que vous conduirez après-demain, à minuit, dans votre barque.

Le batelier tressaillit, et une légère rougeur apparut sur son visage hâlé, mâle et énergique.

— Qui je conduis ? fit-il.... je n'en sais rien ! On me paie pour une sortie en mer... on me paie largement même, et je n'ai pas à m'inquiéter du

nom, du sexe et de l'âge de celui qui monte dans
ma barque !

— Et si je veux savoir ce nom, moi !

— Que voulez-vous que ça me fasse ? Allez l'apprendre de la bouche de la personne elle-même !

— C'est de la vôtre que je l'exige !

— Pour l'exiger... pour me donner des ordres,
qui êtes-vous donc ? Encore une fois, je n'ai de
comptes à rendre à personne !

— A personne ?

— A personne !

— Vous vous trompez, l'ami ! La police secrète
a droit de savoir quels sont les voyageurs qui sor-
tent, en cachette et de nuit, de Nice !

— La police ?

— Parfaitement ! Je viens exprès de Paris pour
connaître le nom et le but du voyage de la personne qui, ce soir, à dix heures, vous a commandé
une barque... et c'est ce nom que je vous demande,
l'ami !

Et Mordacq sortant de sa poche sa carte d'inspecteur principal de la sûreté la tendit à Beppo.

Le batelier se leva, et portant la main à son
front, fit le salut militaire.

— Cher monsieur, dit-il d'une voix nette et
ferme, j'ai été pendant vingt ans quartier-maître
de l'*Aiglon*... et je connais ma consigne de vieux
marsouin et de Français.

— De Français ? Vous n'êtes donc pas Italien ?
Ce nom...

— Je suis né natif de Quimperlé, monsieur
l'inspecteur !... Seulement ici, au milieu de tous
ces étrangers, le nom d'Yves Mahurec, le mien,
n'aurait pas produit grand effet... Beppo, au
contraire, ça fait mieux dans le paysage ! Et ça
m'a parfaitement réussi, d'ailleurs ! A c'te heure,
parlez... je vous écoute.

Mordacq sourit du stratagème du marin breton
et c'est d'une voix moins rude qu'il dit :

— Quel nom vous a-t-on donné, ce soir ?

— Aucun... vu que je ne l'ai pas demandé !
Lundi, entre onze heures et minuit, un passager
doit venir me trouver au môle de l'Espérance ;
je dois le conduire au port de Savone... j'ai reçu
cinq cents francs pour ce voyage et dans dix
jours, je dois aller attendre ce même voyageur
là-bas, et en rentrant ici on me remettra encore
cinq cents francs. Voilà tout ce que je sais...

— La personne qui est venue ce soir, la con-
naissez-vous ?

— Non... d'ailleurs, une épaisse mantille masquait en partie son visage...

— Vous ne l'avez jamais ni vue ni aperçue par
ici ?

— Je ne crois pas !

— Soit ! Il s'agit, Beppo, d'une affaire grave...

très grave... et il faut que je sache où va cette femme... car le voyageur que vous attendez est sûrement une femme.

— Elle habite Nice ?

— Non... Elle ne fait qu'y passer l'hiver.

— Où demeure-t-elle ?

— A la villa des Roses.

— C'est la comtesse d'Etiolles, alors ?

— Vous la connaissez ?

— Parfaitement ! Tous les ans, je la conduis souvent en mer...

— Et... vous la reconnaîtriez ?

— Sûrement... à moins que... elle ne me montre pas son visage !

— Ce qu'elle fera certainement ! Or, vous avez entendu parler du crime qui a été accompli sur son mari dans de mystérieuses circonstances !

— Comme tout le monde... et même que ça été la conversation de toute la société cosmopolite de Nice pendant un mois !

— Cette femme, je veux savoir où elle va... ce qu'elle va faire à Savone, et voici ce que j'attends de vous.. Combien prenez-vous d'hommes dans votre barque ?

— Quatre, et c'est moi qui tiens le gouvernail, car la somme payée est importante.

— Je vous donnerai une somme double... à l'aller et au retour. Seulement, deux de mes hommes remplaceront vos deux matelots, et moi je ramerai avec eux...

— Vous !

— Moi ! Jusqu'à Savone, il ne faut pas que je perde de vue cette femme... et je ne la perdrai pas !

— Vos hommes savent-ils ramer ?

— Assez pour nous conduire... et si on navigue lentement... tant pis.... à quelques quarts d'heure près !

— Ne craignez-vous pas que votre présence n'étonne la comtesse ?

— En quoi ?

— Nous ne sommes que cinq d'habitude... et nous serons six ce soir-là, monsieur l'inspecteur :

— Croyez-vous donc qu'un homme de plus ou de moins puisse éveiller ses soupçons ?

— Dame, ce que je vous en dis... c'est tout simplement pour éviter des contre-temps possibles !

— Je l'espère... et j'aime à croire que tout ira pour le mieux ! Je n'ai pas besoin d'ajouter que vous toucherez une gratification rondelette pour votre dérangement ! D'ailleurs, voici déjà un acompte !

Et Mordacq, tirant un portefeuille de sa poche, y prit deux billets de cent francs et les tendit à Beppo-Mahurec.

Le batelier hésita à prendre ces billets.

— Ce n'est qu'un acompte, Beppo... en arrivant à Savone, je vous donnerai le reste !

— Je suis payé... monsieur l'inspecteur !

— Pour conduire la comtesse, mais non pour me conduire, moi, mon cher Beppo ! Donc, n'ayez pas de scrupules... et acceptez cette faible somme ! Seulement, vous devez le comprendre, je vous demande le secret le plus absolu ! Pas un mot à qui que ce soit, même à Mme Mahurec !

— Ne craignez rien... mes matelots ne sauront même pas quels seront leurs compagnons de banc ! D'ailleurs, j'ai trente-huit hommes à mon service... et ils ne se connaissent pas la plupart du temps. Donc, il n'y a aucun danger ! Quant à mon épouse, elle a une double amarre sur la langue... et ça suffit !

— C'est encore plus sûr ! Lundi, vers les dix heures, mes deux agents seront ici... vous les équiperez d'une façon quelconque et les placerez dans la barque. Quant à moi, j'arriverai au môle de l'Espérance quelques minutes avant votre passagère.

— Demain, au jour, voulez-vous voir la barque qui fera le voyage ?

— Pourquoi faire ? C'est inutile..... à lundi seulement !

— A lundi... et soyez sûr, monsieur l'inspecteur, que vous n'aurez pas à vous plaindre de Mahurec... et si même il y a un coup de main à donner... vous savez... je suis votre homme !

— Merci... mais je ne crois pas que cela soit nécessaire !

Et ayant serré la main de Beppo-Mahurec, Mordacq sortit de la cambuse...

Baculard et Mirgodin l'attendaient toujours à la même place.

— Vous savez manier la rame et l'aviron ? fit Mordacq, quand ils furent à cent mètres de la maison du batelier.

— Heu..... pas trop, chef, pas trop ! déclara Baculard.

— Et moi pas du tout ! ajouta Mirgodin.

— Ce sera donc une excellente occasion pour faire votre apprentissage, mes enfants !

— Notre apprentissage... à quoi ?

— Vous le verrez ! Lundi soir, à dix heures, vous vous rendrez chez Beppo... et à minuit, nous partons pour Savone.

— En bateau, chef ?

— Turellement ! fit Mirgodin qui, n'ayant pu trouver le moindre bout de chique, mâchonnait mélancoliquement un morceau de cuir qu'il avait trouvé sur la grève.

— A Savone... pourquoi faire ? s'exclama Baculard.

— Accompagner la comtesse d'Etiolles, tout simplement.

— La comtesse... elle-même ?

— Turellement, puisque le chef te le dit, Baculard ! Une ballade au clair de lune, quoi !

— Bast... au clair de l'une ou de l'autre, c'est kif-kif !

— Pourvu que nous ayons notre tabac, surtout !

— Oh, ça, vieux... c'est mon opinion... et je la partage !

Et suivi de ses deux agents, Mordacq regagna lentement son logis au moment où l'aurore commençait à poindre au-dessus de l'immense horizon.

III

LE COMPLOT

En sortant de la villa des Roses, Frédéric de Lignolles se dirigea directement vers le Centre de Nice, dont les jardins étaient brillamment éclairés et dont les cafés aux vastes baies vitrées, entourées de massifs d'arbustes et de fleurs, étaient illuminés par d'immenses rampes de gaz, dont les reflets chatoyants se répandaient de toutes parts.

Nice tout entière préludait aux fêtes du Carnaval, d'harmonieuses bouffées de musique zébraient l'air attiédi de cette nuit printanière, de joyeux travestis se montraient çà et là, et lentement, du casino et des princiers hôtels jusqu'à la promenade des Anglais, des groupes déambulaient sous le firmament constellé d'étoiles, mollement bercés par les lointains murmures de l'onde azurée...

Le col de son pardessus relevé, de Lignolles marchait à grands pas, évitant la lumière crue des devantures, se garant de la cohue des foules, recherchant les rues sombres et désertes.

Une demi-heure après avoir quitté Sarah, il arrivait à la gare et se réfugiait immédiatement dans la salle d'attente, après s'être arrêté un instant au guichet.

Le baron de Lignolles était loin de se douter que depuis qu'il était sorti de la villa des Roses, un homme marchait à trente mètres derrière lui, épiant ses moindres gestes, guettant ses moindres mouvements...

Cet homme, le visage masqué presque complètement par les plis d'un vaste cache-nez et par les rebords de son large feutre, n'était autre que l'inspecteur de police Mordacq.

Depuis qu'il était arrivé à Nice, l'émérite policier avait posté deux agents, Baculard et Mirgodin, à quelques mètres à peine de la villa des Roses. Il voulait savoir à tout prix ce qui se passait derrière les volets de cette maison aux volets toujours hermétiquement clos, et il s'était juré de connaître le motif qui forçait la comtesse Sarah à une réclusion aussi complète...

Et là, comme il lui était encore plus aisé de la surveiller que rue de Varennes, il donna libre cours à ses investigations...

Tous les soirs, à la nuit close, soit avec Baculard, soit avec Mirgodin, il s'installait à quelque distance de la villa, perdu au milieu des épais massifs que l'on aurait cru avoir été plantés là exprès pour abriter les agents de la sûreté et, à l'abri de tout regard indiscret, ils observaient.

Pendant le jour, la faction était aussi rigoureuse... seuls, les moyens différaient.

Tantôt un manchot implorait la charité publique en face la villa, tantôt un marchand d'oranges, de caroubiers ou de dattes stationnait avec sa voiture aux alentours de la demeure de la belle Sarah, tantôt un peintre émérite croquait l'horizon ensoleillé du pavillon, tantôt enfin, à la terrasse d'une villa voisine, deux flegmatiques anglais faisaien' une interminable partie d'échecs.

Et manchot, peintre, marchand d'oranges ou citoyens de la Grande-Bretagne n'étaient autres que Baculard, Mirgodin et Napoléon Mordacq sous des aspects aussi variés que fantaisistes !

Et depuis quinze jours, malgré les factions les plus pénibles et les guets les plus ardus, les trois policiers n'avaient pu arriver à surprendre quoique ce fut !

Au bureau de la poste, visité matin et soir par Mordacq, nulle correspondance, nulle lettre, ni même nul journal n'était arrivé au nom de la comtesse, ou à celui de sa servante ; aucun visiteur n'avait été admis à la villa, nul commissionnaire n'en avait franchi le seuil...

C'était la réclusion... la réclusion absolue !

Et le brave Mordacq commençait à désespérer et à trouver le temps d'une longueur incommensurable quand, ce soir-là, la veille du dimanche gras, venant à son tour monter la garde avec ses deux agents autour de la villa des Roses, il aperçut une silhouette s'engouffrer dans cet antre mystérieux !

Et en même temps, il apprenait de la bouche de Mirgodin que Marietta avait quitté quelques instants auparavant la villa, avec des précautions infinies.

Cette double découverte plongea le policier dans une joie profonde.

— Enfin, murmura-t-il à l'oreille de Mirgodin, voilà du nouveau ! Tâchons de ne pas perdre ces avantages ! Tu es sûr que Baculard...

— Ira jusqu'au bout, chef !

— Bon... mille sabres de bois... attendons !

Et blottis sous les feuilles, les yeux fixés sur la lumière qui filtrait à travers l'interstice de la fenêtre, les deux hommes attendirent.

Une grande heure se passa.

Brusquement, la porte s'ouvrit... et celui qui était entré chez la comtesse sortit...

— Reste ici aux aguets, Mirgodin, je file mon particulier et que le diable me patafiole si je ne le dévisage pas tout à mon aise !

— Je vous attends ici, chef ?

— Oui... mais si Baculard revient avant moi, restez ici tous les deux jusqu'à mon retour...

Et Mordacq sortit sans bruit de sous le massif, emboîta prestement le pas à l'homme, ne perdant pas de vue le moindre de ses gestes et de ses mouvements.

A la gare de Nice, le premier soin de l'inspecteur, quand il eut vu l'objet de sa filature, commodément assis dans un fauteuil de la salle d'attente, fut d'aller au guichet.

Il apprenait aussitôt que le voyageur, arrivé le soir même de Paris, venait de prendre un billet pour Paris.

Le train express de Vintimille arrivait à Nice dans vingt minutes... le policier avait donc tout le temps nécessaire pour dévisager l'homme qu'il filait.

Et sans se presser, les deux mains dans les poches de son paletot, il entra à son tour dans la salle d'attente, après avoir glissé quelques mots à un employé de la gare.

Sans façon, Mordacq vint s'asseoir en face du voyageur, sans même jeter les yeux sur lui.

Puis il sortit un étui de sa poche, en tira un superbe cigare et l'alluma tranquillement.

Quelques minutes après, un employé s'approchait du policier et lui demandait son billet

— Voilà, mon garçon !

— Vous avez encore plus de deux heures à attendre !

— Cela m'est fort égal... pour ce que j'ai à faire...

L'employé salua, tourna les talons et s'approcha du voyageur.

— Monsieur, votre billet, s'il vous plait !

Le voyageur leva la tête, et écartant les parements de son pardessus, plongea la main dans la poche de son vêtement pour en retirer le ticket.

Ce mouvement mit son visage en pleine lumière...

Mordacq tressaillit !

Dans les traits de cet homme, il avait découvert ceux du baron Frédéric de Lignolles !

Dix minutes après, l'express de Vintimille entrait en gare et l'amant de Sarah montait dans un coupé-lit.

— Mille sabres de bois, de pistolet de paille ! s'écria le policier quand il fut seul ; cet homme encore ici ? C'est parfait ! Tu viens de faire une rude gaffe, baron de mon cœur... et tu pourras bien t'en mordre les cinq doigts... et le pouce !

Et tranquillement, Mordacq vint rejoindre Mirgodin à la villa des Roses.

Cette fois, l'agent n'était plus seul, et à son coup de sifflet, ayant quelque analogie avec le cri de la chouette, apparurent Mirgodin et son inséparable collègue Baculard.

— Y a du nouveau, chef, depuis votre départ ! s'empressa de dire Mirgodin.

— Du nouveau ? Qu'y a-t-il encore ?

— Baculard va vous le dire... turellement !

Et Baculard raconta son odyssée à travers les rues et la plage de Nice.

Pendant un instant, Mordacq resta pensif.

Puis, avec ses deux agents, il se dirigea vers la demeure de Beppo.

On sait le reste.

Ce double événement plongea l'inspecteur principal de la sûreté dans une perplexité profonde.

La brusque arrivée de De Lignolles à la villa des Roses et la fuite précipitée de la belle Sarah n'étaient certes pas un accident fortuit... une simple coïncidence !

Il devait y avoir entre ces deux êtres un plan arrêté de longue date et sûrement un éclair allait jaillir de cette rencontre.

La situation était tendue...... le moment était grave !

Il fallait à tout prix savoir ce que la comtesse d'Etiolles allait faire à Savone, il fallait connaître le motif qui la forçait à cacher cette subite absence, et, dans ce voyage, on trouverait peut-être ce que l'on cherchait en vain depuis plus de deux mois déjà !

Suivre le baron de Lignolles était moins important... lui, on le retrouverait toujours !

Et comme la préfecture et le parquet lui avaient donné carte blanche, comme il avait sa pleine et entière liberté d'action, il s'empressa de mettre son projet à exécution.... découvrir le but du voyage de la belle Sarah !

Seulement, pour plus de précaution, Mirgodin continua son habituelle faction.

Et le lundi soir, alors que tout Nice était en fête, alors que la ville resplendissait de lumières, de feux d'artifices et de folie, alors que mille travestis déambulaient de toutes parts aux accents harmonieux de fanfares éclantes, un homme suivait silencieusement à distance un élégant abbé de cour, dont le large manteau recouvrait en partie les épaules, tandis qu'un tricorne cachait à peu près son visage...

L'abbé sortait de la villa des Roses ; il marchait d'un pas rapide et alerte, suivant les rues délaissées par la foule et se dirigeait vers l'extrémité de la plage.

A deux cents mètres du môle de l'Espérance, l'homme se détachait vivement et disparaissait dans la nuit.

Quelques minutes après, une barque, dont les voiles déployées se gonflaient sous la bise, s'éloignait lentement de la plage et cinglait au large...

Seul dans son compartiment, adossé dans un angle, le baron de Lignolles songeait.

De temps à autre, un sourire moqueur apparaissait sur ses lèvres, des plis dédaigneux crispaient sa bouche, et sa pensée devait sans doute être joyeuse, car ses yeux reflétaient les éclats d'une satisfaction évidente.

— Folle ! dit-il brusquement en se levant ; folle, qui a cru à mes paroles ! Comme si j'étais assez naïf, ayant le choix, de m'embarrasser d'une femme de cette catégorie, quand je n'ai qu'à me baisser pour cueillir une fleur éclatante de parfum et de beauté ! Ses millions ? Est-elle aussi riche qu'on le dit... ou qu'elle le prétend ? Et que m'importe après tout cette fortune ? Celle de l'autre est aussi considérable... plus peut-être... et elle ne doit rien à personne !

Et de Lignolles se mit à arpenter fiévreusement le wagon, appuyant de temps en temps son front brûlant contre les glaces des portières.

— Ce que je veux, c'est l'endormir... lui laisser croire à mon amour... et détourner ses soupçons ! Comment penser que celui qui lui a juré sa foi serait capable de trahir ses serments ? Comment admettre qu'en sortant de lui demander sa main, l'homme qu'elle a aimé.... et qu'elle aime toujours.... l'homme qui pendant dix ans a été tant de fois son complice, était pris par un autre amour, amour mille fois plus beau, plus pur et plus sincère que le sien !

Tu es forte, Sarah.... très forte, même ! Mais je le suis autant que toi... plus que toi !

L'assassinat du comte d'Etiolles a été un coup de maître.

Mais sur le cadavre de ton mari, je reconnais ta signature ! Si tu n'es pas coupable, et ton innocence matérielle est indéniable, un autre a commis le crime pour toi... Tu as été la tête qui commande... et lui a été le bras qui agit ! Bien joué, Sarah ! Mais comme autrefois, quand tu étais au théâtre, ton masque tombera à tes pieds dans la coulisse..... et alors... alors !

J'ai pu être ton amant.... mais ton mari, ton époux, jamais je ne le serai ! Tu pourras crier, accuser, calomnier.... j'ai ton secret.... le secret terrible de ton passé ! Et si cette menace était insuffisante... je te tiendrai... je te tiendrai encore par ton fils... ton fils que je finirai bien par découvrir un jour !

Et de Lignolles fit un geste terrible.

A Lyon, un voyageur entra dans le compartiment.

De Lignolles, après avoir longuement regardé ce compagnon de route dont la tournure militaire sembla l'impressionner, reprit sa place dans son coin et s'endormit... ou feignit de s'endormir !

Le lendemain, vers les neuf heures du soir, de Lignolles revêtu du costume qu'il portait quand Jacques d'Artigues, dit l'Aristo, l'avait rencontré aux environs de la gare de l'Est, entrait dans la maison mystérieuse, aux volets clos et à l'aspect délabré, de la rue d'Hautpoul, derrière le parc des Buttes-Chaumont.

Il traversa rapidement le sombre corridor que masquait la porte d'entrée, et, à la lueur d'un quinquet fumeux, il monta au premier étage.

Sur un couloir empuanti d'émanations âcres et nauséeuses, à peine éclairé par des lampes dont l'huile suintait de toutes parts, s'ouvraient une dizaine de portes.

Un murmure confus emplissait le couloir : de ci, de là, des paroles aiguës surgissaient brusquement et des jurons énergiques éclataient en un bruit assourdissant.

De Lignolles s'avança et s'arrêta pendant quelques secondes devant l'une de ces portes.

Puis, sans frapper, il tourna la clef et entra.

Devant une table en bois blanc, deux hommes étaient assis. Sur cette table dont le bois disparaissait sous une couche épaisse de crasse et de taches noirâtres, un broc de bière et des verres étaient alignés à côté de pipes, d'allumettes et de menus cornets de tabac.

A la vue de De Lignolles, les deux hommes se levèrent et s'empressèrent de venir lui serrer la main.

— Nous vous attendions avec impatience ! dit

l'un d'eux en allemand, car votre lettre nous a intrigués... et...

De Lignolles, d'une voix brève, imposa silence à cet homme dont le visage était à la fois sinistre et repoussant :

— Taisez-vous ! dit-il : et parlons en français... je ne veux pas que l'on puisse nous comprendre des chambres voisines.

Et il vint s'asseoir à un bout de la table.

— Y a-t-il longtemps que vous êtes ici ? reprit-il après avoir rempli les verres d'une bière brune et mousseuse.

— Il y a un quart d'heure à peine ! répondit l'un des hommes.

— C'est bien... Quoi de neuf par ici ?

— Rien ! seulement tous se ressentent encore du carnaval... Vous les entendez, d'ailleurs !

— Cela n'a aucune importance ! Qu'ils s'amusent s'ils le veulent, pourvu qu'ils fassent leur besogne.

Les trois hommes choquèrent leurs verres et burent lentement le liquide brunâtre, recouvert d'une mousse épaisse et visqueuse.

Puis ils bourrèrent leur pipe et l'allumèrent.

— Je vous ai donné rendez-vous ici, ce soir, parce que j'ai à vous entretenir d'une affaire d'une grande importance ! dit de Lignolles, et si je me suis adressé à vous deux, c'est parce qu'il s'agit d'une mission délicate où la force et l'intelligence seront nécessaires.

— Qu'y a-t-il donc, chef ?

— De tous ceux qui m'approchent de près, c'est, c'est en toi, Kriegel, ainsi qu'en Scheffer, que que j'ai la plus entière confiance.

— Et nous sommes dignes de cette confiance, chef ! Nous l'avons prouvé, d'ailleurs, en maintes occasions...

— Je le sais... Mais ici, dans l'affaire qui nous occupe, c'est un dévouement complet que j'exige et sur une discrétion absolue que je compte.

— Nous sommes trop fiers de ton choix, chef, pour ne pas t'obéir les yeux fermés.

— Je le sais encore ! Trois êtres seuls au monde connaîtront ce que je vais vous dire... Si un seul mot de cette affaire transpirait, c'est vous seuls qui seriez les traîtres... Et je vous donne ma parole que vous iriez tous les deux pourrir dans les cachots de la Strasswürtz (1). Je dois ajouter que cette affaire ne comporte aucun danger pour vous... Elle doit réussir... et, au lendemain de sa réussite, je compterai à chacun de vous cent florins d'or.

— Cent florins d'or !

— A chacun de vous !

---

(1) Célèbre forteresse prussienne.

Un éclair de joie et de convoitise brilla dans les yeux des deux hommes, tandis que leur visage, sous l'épaisse et hirsute barbe rouge qui le cachait en partie, s'empourprait brusquement.

— De quoi s'agit-il donc, chef ? dit Kriegel en déposant sa pipe sur la table.

— Voici. Vous connaissez la Champagne pour l'avoir parcourue en nomades pendant plus de six mois l'an dernier, n'est-ce pas ?

— Oui, chef. Tous les environs de Troyes ont été minutieusement visités par Scheffer et moi... et tandis que mon copain entrait dans les villages pour vendre des imageries quelconques, moi je gravais dans ma mémoire les dispositions des chemins et des routes et je les marquais sur les cartes d'état-major qu'on nous avait données.

— Bien. Vous souvenez-vous d'avoir traversé un village, à dix ou douze kilomètres de Troyes, sur une rivière que l'on appelle la Mogne, village que l'on appelle Chènevrey ?

— Chènevrey ? fit Kriegel... Parfaitement ! C'est un endroit écarté, presque enfoui dans la forêt d'Hautmont... Il y a là un château perdu sous les arbres. On peut y loger deux cents hommes de troupes et cinquante chevaux ! Si vous avez encore nos cartes, vous y releverez cette indication.

— C'est effectivement cela !

— D'ailleurs, chef, il n'y a pas à s'y tromper...
je copnais les environs de Troyes, mieux que ceux
de mon pays... et ce n'est pas peu dire !

Et l'épais Kriegel remplit son verre et le vida
d'un trait.

— Voici donc, reprit de Lignolles, ce que l'on
m'a commandé de faire pour des motifs que je ne
connais pas moi-même et que je ne tiens nullement à connaître ! On commande... J'obéis !

— Comme nous, chef.

— Au château d'Hautmont, se trouve une jeune
fille, qui conserve par devers elle des secrets impor-
rtants. Cette jeune fille, vous la connaissez, de
nom du moins ; c'est la fille du directeur du Ministère de la guerre, ce comte d'Etiolles qui a été
assassiné au commencement de l'année.

—. Rapport à certains papiers qui pouvaient
être utiles à notre vieux Guillaume ?

— Justement. Or, ce d'Etiolles n'avait pas en
sa possession tous les papiers que l'on soupçon-
nait... il en avait conservé une certaine quantité et,
pour les mettre à l'abri de regards trop curieux, il
les avait secrètement envoyés à sa fille.

— Pas bête, le monsieur !

— Cette enfant, car elle a dix-huit ans à peine,
ignore la valeur des documents qu'elle possède,
elle ne sait ce qu'ils contiennent et est loin de se
douter de l'intérêt qui s'y attache. Or, à deux

reprises, des émissaires de Berlin ont été envoyés discrètement pour proposer à cette gamine de leur livrer ces paperasses... Chaque fois, elle a refusé. Pourquoi ? Je l'ignore... C'est un dépôt que lui a confié son père, et pour elle, ce dépôt est sacré ! Or, ces documents, il faut les avoir à tout prix... ils intéressent notre pays au plus haut point et, coûte que coûte, il faut que nous arrivions à les avoir entre nos mains... Vous entendez... Il faut que ces documents soient entre les mains de notre gracieux Roi !

— On se les appropriera, chef, voilà tout !

— Par la ruse, c'est impossible. Les deux émissaires envoyés auprès de cette enfant l'ont rendue défiante... et, c'est elle-même qui a la naïveté de le dire, elle porte ces papiers cousus dans la doublure de ses vêtements.

— Bast !... on les décousra... c'est simple !

— C'est donc par la force, puisque nous ne pouvons faire autrement, que nous serons obligés d'agir.

— On agira, chef... on agira.

— De plus, Odette d'Etiolles connaît certaines choses... Lesquelles ? Je n'en sais rien ! Et comme notre gracieux souverain ne peut venir à Haut-mont pour interroger cette fillette...

— C'est cette fillette qui ira à Berlin ! compris, chef !

Et Kriegel remplit les trois verres.

— A la vôtre, chef !

— A la vôtre, mes braves !

Les trois hommes choquèrent leurs verres et burent le brunâtre et mousseux liquide.

— Ça ne vaut pas nos vidrekommes des bords de la Sprée ! fit Scheffer en reposant brutalement son verre sur la table.

— Patience, vieux frère... patience ! on les retrouvera nos grands moss et on les videra avec plus d'intrépidité et d'enthousiasme qu'autrefois ! Patience !

— Il faut donc enlever cette fillette ! reprit de Lignolles en baissant la voix : et c'est nous que notre cher maître Hans Müller a choisis pour mener à bien cette œuvre délicate. Là-bas, à Haut-mont, la chose est aisée... le village est éloigné du château, il n'y a que deux ou trois paysans dans la ferme, Odette est seule avec une vieille femme dans sa chambre, et un enlèvement au milieu de la nuit peut s'effectuer sans que l'on entende quoi que ce soit !

— Là-bas, on peut hurler tant et plus, personne n'entendra !

— Après, il n'en sera peut-être pas de même, Kriegel !

— Après ? Pourquoi...

— Une fois la jeune fille enlevée, les fermiers,

la bonne femme s'apercevront du rapt, et alors la
nouvelle se répandra... on clabaudera... on
cherchera... et...

— On ne trouvera pas ! s'écria Scheffer.

— Qu'en sais-tu ?

— C'est bien simple, chef...Ecoutez. Je connais
la demeure de la donzelle... Je connais également
les environs d'Hautmont... Si le coup est bien
fait, nous serons loin avec notre fardeau quand on
s'avisera que la cage est ouverte... et vide.

— Quel est ton projet, Scheffer ?

— Un enfant de huit jours l'accomplirait.
Voilà ! D'Hautmont à Troyes, avec un bon cheval
et une voiture quelconque, il faut trois quarts
d'heure... Arrivés à Troyes, l'un de nous nous
quitte et attend le premier train partant vers la
frontière... les deux autres filent plus loin, avec
la demoiselle comme de juste, et, à une station
quelconque, dans une de ces gares où il n'y a jamais
personne, surtout pendant la nuit, ils montent
dans le wagon où se trouve déjà celui qui a pris le
train à Troyes... Cinq heures après, on franchit la
frontière.

— Et pffuit... ni vu ni connu, j't'embrouille !
fit Kriegel avec un gros rire.

— Mais Odette... si elle crie... si elle se démène ?
répliqua de Lignolles en fronçant ses épais sourcils.

— Elle ne dira rien, chef... car elle dormira comme trente-six loirs. Au château même, de gré ou de force, on lui entonne un narcotique dans le gosier, et elle restera plongée dans le sommeil le plus profond pendant douze heures au moins.

— Mais les employés, à la gare...

— A l'heure où nous partirons, il n'y a jamais personne... le chef de la station est couché et c'est un employé à moitié endormi qui fait le service. Et puis quoi, des parents, des frères, un père, des oncles, ne peuvent-ils voyager avec leur sœur, leur fille, ou leur nièce gravement malade ? N'ayez crainte, chef, cette promenade nocturne s'effectuera sans anicroche, je vous en donne ma parole la plus sacrée ! Laissez-moi conduire cette partie de l'entreprise et je vous assure que vous pouvez compter vos cent florins d'or... et ceux de Kriegel aussi.

Pendant quelques minutes, de Lignolles, le front appuyé dans ses mains et les coudes sur la table, resta pensif.

Le stratagème de Scheffer lui semblait fort pratique ; il ne comportait aucun aléa sérieux et paraissait ne devoir produire aucun accroc dans son exécution.

Brusquement, il releva la tête.

— Et au château... comment s'y introduire ? Comment pénétrer jusqu'à la chambre d'Odette sans attirer l'attention de sa vieille gouvernante. Comment s'en emparer ? Si la fin de l'enlèvement paraît simple, il n'en est pas de même du commencement.

Scheffer tira une profonde bouffée de sa pipe et son visage s'épanouit largement.

— Le commencement est encore plus simple, chef ! Ecoutez...

Et, pendant cinq minutes, il exposa à de Lignolles le plan qu'il était à même d'exécuter et dont il garantissait la parfaite réussite.

Ce plan parut excellent à de Lignolles, car un éclair sinistre brilla dans ses yeux et un rictus sardonique vint tordre ses lèvres.

— Soit ! dit-il, après un moment de silence... c'est ce qui me paraît effectivement le plus simple et nul ne pourra jamais se douter d'où vient le coup ! Hans Müller aura ce qu'il désire et vous aurez rendu un immense service à la patrie, mes braves. D'ailleurs, car je tiens à rassurer votre conscience, vous pouvez être tranquilles sur le sort de cette fillette. Dès qu'elle aura dit ce qu'elle sait, elle sera libre.... libre comme l'air ! Et elle n'aura rien à regretter... que quelques jours d'ennui, voilà tout.

— Peuh ! Ce n'est qu'un petit voyage, d'agrément même, et ça la distraira, cette enfant !

— Et ça lui fera connaître du pays... ajouta

Kriegel ; les voyages... il n'y a que ça pour former la jeunesse !

De Lignolles remplit les verres.

— C'est aujourd'hui mercredi ! dit-il après avoir choqué son verre contre ceux de Kriegel et de Scheffer ; or, il faut obéir le plus promptement possible aux ordres de Berlin... Mardi au plus tard, tout peut être prêt pour l'enlèvement d'Odette...

— Même avant.

— Quand ?

— Dimanche soir, l'affaire d'Hautmont peut être terminée et la demoiselle sera le lendemain à Berlin !

— C'est déjà mercredi aujourd'hui !

— Je le sais, chef... Demain soir, je serai à Chènevrey ; Scheffer trouvera à Troyes une voiture et un cheval, et il viendra me trouver à la nuit close à un petit hameau que je vois d'ici... à Mélissay, je crois... juste devant le chemin qui conduit au château, à un kilomètre de Chènevrey. Là, il installe sa guimbarde ; dans la journée du vendredi et du samedi, nous rôdons autour du château d'Hautmont.... on tire ses plans, on met le dernier coup de fion à l'ouvrage et le dimanche soir, vers les onze heures, branle-bas de combat ! Vous, chef, trouvez-vous à Mélissay à six heures, dimanche soir... on vous attendra et vous nous donnerez le coup de main du maître pour tirer le grand feu d'artifice.

— D'ailleurs, fit Scheffer, demain matin, on cherchera nos vieilles cartes d'état-major... nous réglerons nos étapes et nous choisirons la gare de départ. De cette façon, nous ne laisserons rien à l'imprévu, n'est-ce pas, chef ?

— Soit ! Demain matin, ici à huit heures, j'apporterai les cartes.

Quelques minutes après, les trois hommes quittaient la maison mystérieuse de la rue d'Hautpoul et gagnaient rapidement la rue d'Allemagne.

Arrivés au coin du canal Saint-Martin, de Lignolles serra la main de ses acolytes et se dirigea vers la rue Lafayette, tandis que Kriegel et Scheffer s'engageaient dans la rue de Puébla.

— Dis donc, vieux ! dit Kriegel en passant son bras sous celui de son camarade ; tu sais, faudra ouvrir l'œil, là-bas !

— Parce que ?

— Si on peut râfler quelque chose au château, ce sera toujours autant de pris... en plus des cent florins !

— C'est ce que j'allais te dire... C'est très joli de travailler pour la patrie et de faire son devoir... mais faut aussi penser à soi de temps en temps... et pendant l'esbrouffe, je tâcherai de trouver un bibelot quelconque... en souvenir de la Champagne.

Et les deux hommes se perdirent bientôt dans l'ombre de la nuit.

Il était près d'une heure du matin et de Lignolles, d'un pas rapide, descendait la rue Lafayette, les bords de son chapeau rabattus sur les yeux, le col de sa longue blouse blanche relevé et les deux mains dans ses poches.

— Allons ! murmurait-il entre ses lèvres, ça marche... ça marche même mieux que je ne le pensais, et avec de tels aides, je suis sûr du succès. Ah, comtesse Sarah... tu es rusée, mais je suis plus fin que toi ! Et rira bien qui rira le dernier... à moins qu'il ne pleure des larmes de sang et de rage !

Et Frédéric serra ses poings dans un mouvement de colère et de haine !

FIN DU TOME TROISIÈME

9 782019 956523